생각이 실종된 어느 날

Geschichten Vom Hern Keuner
(German Edition)
© Bertolt Brecht

이 책은 저작권법에 의해 보호받는 저작물이므로 무단 전재와 복제를 금합니다. 이 책 내용의 일부를 사용하려면 저작권자와 출판사의 동의를 얻어야 합니다.

생각이 실종된 어느 날

브레히트의 풍자 산문 '코이너 씨 이야기'

베르톨트 브레히트 지음 | 김희상 옮김

이후

차례

* †를 붙인 제목은 브레히트가 붙인 것이 아니다. 본래 제목이 없었으나 임의로 제목을 붙였다. 옮긴이

일러두기

1. 제목에 붙은 연도는 각 글이 발표된 연도다.
2. 본문 글은 각 글이 발표된 순서대로 실었다. 창작 년도가 미상인 작품들은 시기를 추정하여 배치했다.
3. 따로 출처를 표시하지 않은 모든 주석은 옮긴이가 붙인 것이다.

현자의 지혜로움은 그가 보이는 태도다*

(1929년)

K 씨에게 어떤 철학 교수가 찾아와 자신의 지혜를 떠벌렸다. 잠자코 듣고 있던 K 씨는 교수에게 말했다.

"앉은 자세는 불편하며, 말씀도 불편하게 하시고, 생각도 번거로우시네요."

철학 교수는 벌컥 화를 내며 말했다.

"내 태도가 어떤지 알고 싶은 게 아닙니다. 내가 말한 것의 내용을 알아들으셨나요?"

"거기에는 아무 내용이 없습니다."

K 씨가 대답했다.

"허청대며 걷는 것을 보니 어디로 가려는지 목표가 없군요. 말씀도 모호해서 무슨 말을 하려는지 밝은 깨달음을 주지 못합니다. 태도로 미루어 보건대, 선생이 하려는 얘기에 관심이 가지 않습니다."

---

* 고대의 속담, "수염만 길렀다고 철학자인 것은 아니다" 참조.
아울루스 겔리우스(Aulus Gellius, 123~165)가 쓴 『아테네의 밤*Attic Nights*』 참조. "내 눈에는 (…) 수염과 외투만 보일 뿐, 철학자는 보이지 않는군."

기획

(1929년)

K 씨는 언젠가 이런 말을 했다.

"생각할 줄 아는 사람은 지나치게 밝은 빛을 쓰지 않으며, 빵을 너무 많이 먹지 않고, 복잡한 상념에 매달리지 않는다."

폭력에 맞서는 대책*

(1929년)

생각하는 사람 코이너 씨가 어느 커다란 공간에서 많은 사람들을 상대로 폭력에 반대하는 발언을 하자 사람들이 등을 돌리며 슬금슬금 피하는 것이었다. 이상한 낌새에 코이너 씨는 등을 돌려 뒤를 살폈다. 거기에는 폭력이 서 있었다.

"뭐라고 했나?"

폭력이 그에게 물었다.

"폭력에 맞서지 않는다고 했소."

코이너 씨가 대답했다.

자리에서 물러난 뒤, 제자들이 코이너 씨에게 평소 기개는 어디 갔느냐고 물었다. 코이너 씨는 이렇게 답했다.

"나에게 깨질 기개 따위는 없네. 정말이지 나는 폭력보다 더 오래 살아야만 하니까."

그리고 코이너 씨는 다음과 같은 이야기를 들려줬다.

---

* 브레히트는 같은 맥락에서 「가르침의 매장Die Vergrabung der Lehre」이라는 글도 썼다.

불법이 판을 치는 시대의 어느 날, “아니!” 하고 말하는 법을 배운 에게Egge 씨네 집으로 어떤 요원이 찾아와 증명서 한 장을 내보였다. 도시를 지배하는 세력의 이름으로 발행된 증명서는 요원이 발을 들이는 집마다 그의 소유이며, 요구하는 대로 먹고 마실 수도 있다는 내용이었다. 요원을 보는 사람은 누구든 그에게 봉사해야 한다고도 써 있었다.

요원은 의자에 앉아 먹을 것을 달라고 하더니, 몸을 씻고는 벌렁 드러누워 얼굴을 벽으로 향했다. 그러고는 잠들기 전에 물었다.

“내 시중을 들어 주겠나?”

에게 씨는 이불을 덮어 주고 파리를 쫓으며 편히 잠자도록 돌봐 주었다. 그리고 이날부터 7년 동안 에게 씨는 요원에게 복종했다. 그러나 무엇을 해 주든 간에 한 가지만큼은 조심했다. 그것은 곧, 말은 단 한마디도 하지 않는 것이다. 이제 7년의 세월이 지나자 먹고 자고 명령만 일삼던 요원은 뚱뚱해진 나머지 죽고 말았다. 그러자 에게 씨는 요원을 썩은 이불로 둘둘 말아 집밖으로 끌어내고, 누웠던 자리를 깨끗이 닦고 벽을 새로 칠한 뒤 크게 한숨을 몰아쉬며 대답했다.

“아니, 싫어.”

깨달음을 가진 사람은*

(1929년)

"깨달음을 가진 사람은 싸워서는 안 된다. 진실을 말하지도 말라. 누군가에게 봉사하지 말 것이며, 먹고사는 일로 연연하지 말라. 명예를 훼손해서는 안 되며, 아는 척하지 말라. 깨달음을 가진 사람은 모든 덕목 가운데 오로지 하나, 곧 깨달음을 지키는 덕목만 유념하라."

코이너 씨가 말했다.

---

* 루크레티우스(Lucretius, 기원전 98~기원전 55)의 교훈 시집 『사물의 본성에 관하여*De rerum natura*』에는 "인간의 본능"에서 벗어난 관찰자를 두고 "지혜의 환희"라는 표현을 쓴다. 브레히트의 다음 시 「후손에게An die Nachgeborenen」도 참조할 것.
"옛 책은 지혜가 무엇인지 말하지 / 세속의 다툼에서 벗어나 (…) / 내가 모든 걸 할 수는 없네 / 정말이지 나는 암흑의 시대에 사네."(GBA 12, 86쪽)
(여기서 GBA는 Großen kommentierten Berliner und Frankfurter Ausgabe der Werke Brechts in 30 Bänden를 가리킨다. 카를스루에 대학교의 〈베르톨트 브레히트 연구소〉가 표준으로 삼는 브레히트 전집 판. 서독의 〈주어캄프Suhrkamp〉 출판사와 동독의 〈아우프바우Aufbau〉 출판사가 공동으로 펴낸 것으로, "논평이 달린 베를린과 프랑크푸르트 판 위대한 브레히트 전집 총 30권"이라는 뜻이다. 이 약칭이 'GBA'다.)

목적의 노예

(1929년)

K 씨는 이런 물음을 던졌다.

"매일 아침 내 이웃은 축음기로 음악을 틀더군. 왜 음악을 들을까? 듣기로는 체조를 하기 위해서라네. 왜 체조를 할까? 힘이 필요하다고 들었어. 무슨 목적으로 힘이 필요해? 도시의 적들과 싸워 이겨야만 하기 때문이라고 이웃은 말하더군. 왜 적들을 물리쳐야만 하지? 먹고살기 위해서라고 들었어."

K 씨는 자신의 이웃이 체조하기 위해 음악을 틀고, 힘이 세지고자 체조를 하며, 적들을 때려눕히려 힘을 필요로 하고, 먹고살기 위해 적들을 때려눕히려 한다는 말을 듣고는 이렇게 물었다.

"그는 왜 먹고살아야 하지?"

최고 실력자의 수고

(1929년)

"무슨 일을 하시는지요?"

K 씨는 이런 물음을 받았다. K 씨는 답했다.

"저는 다음 번 실수를 저지르려 수고하고 있습니다."

매수하지 않으면 당할 일도 없다

(1929년)

K 씨는 어느 상인에게 한 남자를 '매수당하지 않을 성격'이라며 추천했다. 두 주 뒤 상인은 K 씨를 찾아와 물었다.

"매수당하지 않을 것이라는 게 무슨 뜻이야?"

K 씨는 말했다.

"내가 자네가 채용한 남자가 매수당하지 않을 거라고 말했다면, 그 말의 뜻은 자네가 그를 매수하지 않을 거라는 것이지."

"그래."

상인은 어두운 표정으로 말했다.

"그런데 자네가 추천한 남자는 심지어 내 적에게도 매수당하는 게 아닐까 걱정이 되는군."

"그거야 나는 모르지."

K 씨는 관심 없다는 투로 대답했다.

"그렇지만 말이야."

상인은 화를 내며 외쳤다.

"그는 계속해서 내 구미에 맞는 말만 하려고 하더군. 아무래도 그는 나에게 매수당할 것 같아!"

K 씨는 헛헛한 미소를 지었다.

"그는 나에게는 매수당하지 않더군."

K 씨가 말했다.

조국애, 조국을 증오하다

(1929년)

K 씨는 반드시 어떤 특정한 나라에 살 필요는 없다고 보았다.

"나는 어디서든 배고플 수 있어."*

K 씨가 한 말이다. 어느 날 그는 자신이 살고 있는 나라의 적이 점령한 도시를 지나가게 되었다. 그때 적국의 장교가 K 씨를 보고 보도에서 내려오라고 강요했다.

K 씨는 보도에서 내려서며 이 장교에게 분노를 느끼는 자신을 발견했다. 이 장교뿐만 아니라 그가 속한 나라에도 분노를 느꼈다. 그래서 K 씨는 장교의 나라가 지상에서 사라지기를 염원했다.

"어쩌다가 내가 이 순간 민족주의자가 된 것이지?"

K 씨는 자문했다.

"그건 내가 장교라는 민족주의자와 마주쳤기 때문이야.

---

* 다음 문장도 참조할 것. "인식의 도토리와 풀만 먹으면서도, 진리 때문에 영혼이 굶주림을 견딜 수 있을까?"(프리드리히 니체, 『차라투스트라는 이렇게 말했다』)
아리스토파네스의 희곡 『부의 신*Plūtos*』에는 이런 표현이 나온다. "내가 잘 지내는 곳이 내 조국이지.Ubi bene, ibi patria."

어리석음과 만나면 바로 이렇게 어리석어지기 때문에 어리석음 자체를 근절시켜야만 해."

형편없는 것이라고 싸지도 않다*

(1929년)

인간이란 어떤 존재인지 생각을 거듭하던 코이너 씨는 가난함을 숨길 이유가 없다는 결론에 이르렀다. 어느 날 그는 집안을 둘러보고 다른 가구, 더 형편없고 더 싸며 보다 더 허술한 것이었으면 좋겠다고 생각했다. 코이너 씨는 곧장 목수를 찾아가 가구의 래커 칠을 벗겨 달라고 부탁했다. 그러나 칠을 벗긴 가구는 허술한 게 아니라, 망가진 것처럼 보였다. 그럼에도 목수의 노임은 지불해 줘야만 했으며, 코이너 씨는 자신의 가구들을 내다 버리고, 새로운 것, 자신이 원한 대로 허술하고 싸구려이며 형편없는 것을 구입했다. 이 소식을 들은 몇몇 사람들은 그 허술한 가구들이 래커 칠을 한 것보다 더 비싼 값이 먹혔다며 코이너 씨를 비웃었다. 그러자 코이너 씨는 이렇게 말했다.

"가난은 절약할 수 없어 할 수 없이 돈을 쓰는 거야. 나는 자네들을 알지. 자네들 머릿속에는 가난함이 들어설 자리가 없어. 그리고 내 머릿속에는 부유함이 들어설 곳이 없지."

---

* 브레히트는 전후에 이 글을 자신의 책에 다시 수록하지 않았다.

굶주림

(1929년)

K 씨는 조국을 어떻게 생각하느냐는 질문을 받고 이런 대답을 한 바 있다.

"나는 어디서든 배고플 수 있어."*

따지기 좋아하는 어떤 사람이 이 말을 전해 듣고, K 씨가 실제로는 먹고살 만하면서도 배가 고프다고 말하는 이유가 뭐냐고 물었다. K 씨는 이런 말로 자신을 변호했다.

"아마도 나는 굶주림이 일상인 곳이라 할지라도 살겠다는 의지만 있다면 어디서든 살 수 있다고 말하고 싶었던 모양이다. 나 역시 배를 주린다는 것과 굶주림이 만연한 곳에서 산다는 것이 커다란 차이를 가진다는 점은 인정한다. 그렇지만 이런 해명도 얼마든지 할 수 있지 않을까. 굶주림이 지배하는 곳에서 사는 건 본인이 배고픈 것처럼 나쁘지는 않을지라도, 정말이지 끔찍한 일일 거라고 말이다. 내가 배고픈 것이야 다른 사람에게 중요하지 않을 것이다. 그러나

---

* 1929년의 세계 경제 위기로 수많은 나라에서 실업자가 급증했으며, 노동자들은 더없이 가난해졌다.

내가 굶주림이 만연하는 것만큼은 반대한다는 사실은 중요하다."

제안이 지켜지지 않을 경우의 제안

(1929년)

K 씨는 제안이 지켜지지 않을 경우를 대비해 모든 제안에 또 하나의 제안을 덧붙일 것을 권고했다. 예를 들어 누군가 형편이 나빠 다른 사람에게 되도록 덜 해를 끼치는 쪽으로 행동하라는 제안을 받았다면, 이 제안보다 좀 더 강한 다른 대안, 물론 사정을 전혀 고려하지 않은 무자비한 것은 아닌 대안도 함께 제시되어야 한다.

"모든 문제를 깨끗이 처리할 수는 없다고 할지라도 최소한 할 수 있는 것마저 배제되어서는 안 된다."*

K 씨는 이렇게 말했다.

* 성경에 나오는 다음 말씀을 참조할 것. "누구든지 일하기 싫어하거든 먹지도 말게 하라."(데살로니가 후서, 3장 10절)

독창성

(1929년)

"오늘날 전적으로 혼자 힘으로 위대한 책을 쓸 수 있다고 공개적으로 떠벌리는 사람은 헤아릴 수도 없이 많아. 또 이런 사람이 일반적으로 인정받는 분위기야."

K 씨는 이렇게 개탄했다.

"중국의 철학자 장자는 원숙한 나이에 이르러서야 비로소 수십만 단어로 이뤄진 책을 썼으며, 그 가운데 10분의 9는 인용문이지.* 우리는 이런 책을 더는 쓸 수가 없어. 장자가 보여 준 높은 수준의 정신이 우리에게는 없으니까. 오늘날 사람들은 그저 자신의 독방에서 빈둥거리며 충분히 다듬어지지 않은 생각만 내놓을 뿐이야. 당연히 받아들일 만한 생각이 없고, 인용할 만한 표현도 없지. 이들은 정말 볼품없는 몇 가지만 가지고 책을 써! 이들이 내세울 수 있는 유일한 것이라고는 펜대와 몇 장의 종이일 뿐이야! 그리고

---

* 이 표현은 장자(기원전 365~290)가 쓴 『남화진경南華眞經』에 나오는 문장들의 조합이다. 서론에 보면 이런 대목이 나온다. "이렇게 해서 장자는 수십만 개의 단어들로 이뤄진 책을 썼는데, 대부분 인용과 비유다." 본문에는 장자의 이런 표현이 나온다. "내 말의 10분의 9는 비유다." 또 이런 말도 있다. "내 말 가운데 10분의 7은 다른 사람이 앞서 말한 것의 인용이다."

어떤 도움도 없이* 오로지 각자 자신의 팔로 싸안아 가져올 수 있는 빈곤한 재료로만 얼기설기 오두막을 짓지! 혼자의 힘만으로 지을 수 없는 더 큰 건물을 이들은 알지 못해!”

---

* 허먼 멜빌Herman Melville의 『모비 딕*Moby Dick*』에서 인용했다.

신은 존재하느냐 하는 물음*

(1929/1930년)

어떤 사람이 K 씨에게 신이 존재하느냐고 물었다. K 씨는 이렇게 말했다.

"충고하건대, 이 물음의 답이 무엇이냐에 따라 자네 태도가 변할지 하는 문제부터 생각해 보게. 변하지 않는다면 이 물음은 없던 것으로 해 두세. 변한다면 자네는 신을 필요로 한다고 이미 스스로 결단을 내린 것이라고 말해 주는 정도로만 나는 자네를 도울 수 있네."

---

* 「위대한 바알의 합창」(1919)에 나오는 여덟 개 연 참조.
"신이 존재하느냐, 아니냐. / 바알이 존재하는 한, 바알도 같으리라. / 그러나 바알은 비웃음을 받네. / 와인이 있느냐, 없느냐와 같이."(GBA 1, 20쪽)

약한 모습을 보일 권리

(1930/1931년)

K 씨는 곤경에 빠진 어떤 사람을 도왔다. 나중에 이 사람은 아무런 감사를 하지 않았다.

K 씨는 감사할 줄 모르는 배은망덕함에 큰소리로 불평을 터뜨려 친구들을 놀라게 했다. K 씨의 태도가 절제되지 않았다고 본 친구들은 이런 비난의 말도 했다.

"고맙다는 말을 들으려 도와줘서는 안 된다는 것을 몰랐나? 인간은 고마워할 줄 알기에는 너무 허약해."

"그럼 나는?"

K 씨가 반문했다.

"나는 인간이 아닌가? 왜 나는 고마움을 요구할 정도로 허약하면 안 되는 거야? 사람들은 항상 자신이 그릇된 대접을 받은 것을 고백하면 스스로 어리석음을 드러내는 것이라고 여기지. 대체 왜 그래야 하는데?"

무기력한 소년*

(1930년)

K 씨는 부당하게 당한 일을 아무 말도 하지 않고 속으로만 삭이는 태도의 어리석음을 보여 주려 다음과 같은 이야기를 들려주었다.

멍하니 앞만 보며 울고 있는 소년에게 길을 가던 남자가 무엇 때문에 그러는지 이유를 물었어.

'영화를 보러 가려고 은화 두 개를 모았어요. 그런데 저 아이가 와서 하나를 빼앗아 갔어요.'

소년은 이렇게 말하며 좀 떨어진 곳에 서 있는 어떤 아이를 가리켰지.

'도와달라고 외치지 그랬니?'

남자가 물었어.

'소리 질렀어요.'

소년은 이렇게 대답하며 더 서럽게 울었어.

---

* 취리히 판본 92쪽 이하에 이 글의 초고가 수록되었다. 브레히트는 이 이야기를 「비사회적인 것의 사악한 바알Der böse Baal der asozialen」(1930)에서도 사용했다.

'아무도 듣지 못했어?'

남자는 다정하게 소년의 머리를 쓰다듬으며 물었지.

'아뇨.'

소년은 훌쩍였어.

'더 크게 외칠 수는 없었니?'

남자가 물었어.

'그렇게는 못 해요.'

소년은 이렇게 답하며 혹시 하는 희망에 부풀어 남자의 얼굴을 올려다보았어. 남자가 미소를 지었기 때문이야.

'그럼 남은 은화도 내놓으렴.'

남자는 소년의 손에서 남은 은화마저 채어 가지고는 유유히 그 자리에서 사라졌어.

코이너 씨와 자연*

(1930/1931년)

자연을 어떻게 생각하느냐는 질문을 받은 K 씨는 이런 말을 했다.

"집을 나설 때면 이따금 몇 그루의 나무를 보았으면 하는 마음이 간절합니다. 나무는 특히 하루 일과나 계절의 변화에 맞게 그때그때 달라지는 모습을 보여 주어 일정 정도 현실감을 빚어 주거든요. 또 도시에 사는 우리는 늘 일상적인 것만 보는 통에 변화를 알아차리지 못하는 혼란에 빠지기도 하지요. 아무도 살지 않아 텅 빈 집이나 다니는 사람의 그림자도 볼 수 없는 길은 무의미해요. 우리의 기묘한 사회질서는 인간조차도 그런 일상용품 가운데 하나로 여기게 합니다. 그런데 나무는 적어도 목수가 아닌 나에게는 쓸모 따위를 따지지 않아도 되는 뭔가 평안한 것, 나와는 상관없

---

* 『실험*Versuche*』(1932)의 인쇄 직전 다음 단락은 삭제되었다.
"'나무가 보고 싶다면 그냥 야외로 나가면 되지 않나요?' 어떤 사람이 K 씨에게 물었다. K 씨는 놀란 표정으로 이렇게 대답했다. '저는 **집을 나설 때** 나무를 보고 싶다고 말했죠.'"
"그린 나무와 아침마다 나누는 대화Morgendliche Rede an den Baum Green"(GBA 11, 55쪽.) 참조.

이 독립적인 것입니다. 심지어 나는 나무가 목수도 써먹을 수 없는 그 고유의 몇몇 특성을 가졌다고 봅니다."

"나무가 보고 싶다면 그냥 야외로 나가면 되지 않나요?"

어떤 사람이 K 씨에게 물었다. K 씨는 놀란 표정으로 이렇게 대답했다.

"저는 **집을 나설 때** 나무를 보고 싶다고 말했죠."

(K 씨는 이런 말도 했다.

"자연과 일정 정도 거리를 두고 지나치게 가까워지지 않을 필요도 있습니다. 일을 하지 않고 자연에만 머무른다면 쉽사리 병적인 상태에 빠집니다. 이를테면 열병에 사로잡히죠.")

신뢰를 주려는 문제들

(1930/1931년)

“내가 보기에는” 하고 K 씨는 말문을 열었다. “모든 것에 답을 안다는 인상을 주는 바람에 우리 이론에 충격을 받는 사람들이 많은 것 같아. 이론의 홍보를 위해 우리가 전혀 해결할 수 없을 것처럼 보이는 문제들의 목록을 만들어 볼 수는 없을까?”

신뢰성*

(1930/1931년)

깔끔한 인간관계를 소중히 여긴 K 씨는 평생 여러 차례 싸움에 휘말렸다. 어느 날 그는 다시금 어떤 불편한 문제에 연루되어 한밤중에 도시에서 서로 멀리 떨어진 만남의 장소를 여러 곳 찾아가야만 했다. 감기 기운이 있었던 K 씨는 친구에게 외투를 빌려 달라고 부탁했다. 친구는 사소한 것이기는 했지만 자신의 약속을 취소하면서까지 외투를 빌려주겠다고 약속했다. 저녁 무렵이 되자 K 씨의 상태는 더욱 나빠져 더는 외출을 할 수 없어 부득이 다른 방안을 찾아야만 했다. 그렇지만 시간이 부족했음에도 K 씨는 필요없어진 외투를 찾으러 정확히 약속 시간에 맞춰 갔다.

* 브레히트가 약속을 지키는 덕목의 소중함을 주제로 쓴 이 글의 처음 제목은 "외투"였으며, 1948년에 "신뢰성"이라는 제목으로 바뀌었다.

재회*

(1930/1931년)

오랫동안 K 씨를 보지 못했던 어떤 남자가 이런 인사말로 그를 맞이했다.

"변한 게 전혀 없으시네요."

"아!"

짧은 탄식과 함께 K 씨의 얼굴은 창백해졌다.

---

* 변화는 브레히트 창작의 근본 모티브다. 중간에 달렸던 제목 "대책Die Maßnahmen"을 참조할 것.

"세계를 변화시켜라, 세계는 변화를 필요로 한다."(1930, GBA 3, 89쪽)

1948년 브레히트는 귀향한 뒤 이 이야기를 『산문 모음집*Kalendergeschichten*』의 말미에 실었다.

짐승만도 못한 인간은 어떻게 생겨나나*

(1931년)

생각하는 사람 코이너 씨는 소식을 들었네
뉴욕 시의 가장 악명 높은 범죄자
주류를 밀수했으며 닥치는 대로 사람을 죽인 범죄자가
개처럼 총알을 맞아
쥐죽은 듯 장례를 치렀다는 소식을 들은
그는 오로지 헛헛한 탄식만 쏟아냈네.

"어찌해서" 그는 말했네, "내 인생에서 본
최악의 범죄자조차 안전하지 못한 지경에 이르렀을까
그는 무슨 일이든 서슴지 않을 무뢰한이며
또 그런대로 성공도 거두지 않았던가?
인간의 품위를 믿었던 사람들은 그를 보며

---

* 짐작컨대 뉴욕의 마피아 두목 주세페 마서리아(Giuseppe Masseria, 1879년~1931)가 1931년 4월 자기 편의 보복 행위로 살해당한 사건이 이 글을 쓰게 된 계기가 된 것 같다. 도덕이 무너진 "전도된 세상"이라는 모티브는 많은 작가들(하인리히 하이네, 크리스티안 모르겐슈테른, 아돌프 글라스브렌너)은 물론이고 대중문학도 즐겨 다루었다. 시구의 각 행 말미에 있던 쉼표는 삭제했다.

자신이 패배했음을 자인하지 않았던가.
그런데 그마저도 환각이었던가?
바꿔 말해서, 지옥의 심연에서 빠져나온 사람은
절로 정상 위로 떨어지는가?*
성실한 이들은 한밤중에 잠자리에서조차 땀에 흠씬 젖어 가며 고뇌하건만
이들은 소리 죽인 발걸음에도 소스라치건만
잠을 자면서까지 양심의 가책에 괴로워하건만
그런데 이제 범죄자조차도
평안한 잠을 이룰 수 없다는 말인가?
이 무슨 혼란인가!
이 무슨 시대인가!
듣기로는 단순한 못된 짓쯤이야
아무것도 아니라네.
살인만으로
이룰 수 있는 것은 없다네.
오전에 저지르는 두세 번의 배신은
누구라도 각오가 되어 있다네.

---

* 이 표현은 단테의 『신곡』에서 죄인이 지옥을 빠져나와 지구 반대편에 있는 정죄의 산에 이른다는 대목에 빗댄 것이다.

그러나 각오만으로 무엇을 하랴
중요한 것은 오로지 능력일 뿐!
경솔한 무자비함마저 충분치 않아.
실력이 결정한다네!

그래서 천하의 악당조차
소리 소문도 없이 무덤으로 갔네.
동류의 악당이 너무 많아
그는 세간의 주목도 받지 못했네.
오로지 돈만 노렸던 작자가
그처럼 싸구려 죽음을 당할 줄이야!
무수히 저지른 살인과
그처럼 짧았던 인생!

숱한 범죄로
친구도 없었지!
그가 아무것도 없는 빈주먹이었다고 해도
사정은 더 낫지 않았으리라.

그런 사건에 직면하며 어떻게
우리는 용기를 잃지 않을까?

대체 우리는 무엇을 계획할 수 있는가?
어떤 범죄가 저질러질지 짐작인들 할 수 있을까?

지나친 요구는 좋지 않다.
그런 사건을 보며
우리는 용기를 잃고 낙담할 뿐이네.
코이너 씨는 말했다.

형식과 재료*

(1948년 이전)

K 씨는 몇몇 대상을 매우 독특한 형식으로 꾸민 한 편의 그림을 감상했다.

"어떤 예술가는 세계를 마치 철학자처럼 바라보려 하는 거 같아. 형식에 매달리다 보니 재료의 특성은 사라지고 말아. 예전에 정원사의 조수 노릇을 한 적이 있어.* 정원사는 나에게 전지가위를 건네며 월계수를 다듬으라고 하더군. 화분에 심어진 월계수는 행사에 대여되는 것이었지. 그래서 공처럼 둥근 모양으로 다듬어야 했어. 나는 곧장 이리저리 튀어나온 가지들을 잘라 내기 시작했어. 그러나 공 모양은 좀체 잘 다듬어지지 않았어. 한 번은 이쪽을, 다음에는 저쪽을 너무 많이 잘라 내는 바람에 균형이 맞질 않더군. 마침내 작업을 마치기는 했는데, 공이 너무 작았어. 정원사는 실망한 표정으로 이렇게 말하더군. '좋아, 공 모양이기는 하네. 그런데 월계수는 어디 있나?'"

---

* "형식과 재료"는 1930년대의 리얼리즘 논쟁에 자주 등장하던 시학의 개념이다.

* 브레히트는 1917년 학생 시절 잠깐 동안 전쟁 시 보조 요원으로 정원사를 도왔다.

대화*

(1948년 이전)

"더는 서로 이야기를 나눌 수가 없겠소."

K 씨가 어떤 남자에게 말했다.

"왜죠?"

상대가 놀라서 반문했다.

"당신 앞에서는 그 어떤 이성적인 이야기도 할 수가 없어요."

K 씨는 이렇게 불평했다.

"그러나 저는 아무렇지도 않은데요."

상대는 이런 말로 K 씨를 위로했다.

"제가 보기에도 그렇군요."

K 씨는 씁쓸한 표정으로 말했다.

"하지만 저는 좀 견디기 힘드네요."

---

* 취리히 판본 98쪽 이하에 수록됨.

손님*

(1948년 이전)

K 씨는 손님으로 묵어야 할 경우 자신이 쓰는 방을 처음에 들어섰던 그대로 정리했다. 사람은 자신이 묵은 곳에 흔적을 남기지 않아야 한다는 것이 평소 지론이기 때문이다. 거꾸로 자신의 취향을 거처에 맞게 바꿔 가며 적응하려 그는 노력했다. 물론 자신이 계획한 일이 차질을 빚지 않는 한에서. K 씨가 손님을 맞을 때면 최소한 의자나 테이블을 그때까지 있던 장소에서 손님에 맞추어 바꾸어 놓았다.

"뭐가 손님에게 맞을지 내가 먼저 신경 쓰는 쪽이 낫지!"

하고 K 씨는 말했다.

---

* 취리히 판본 90쪽 이하에 수록됨.

사람을 사랑하는 코이너 씨의 자세*

(1948년 이전)

"사람을 사랑하게 되면 어떤 일을 하시나요?"

하는 질문을 K 씨는 받았다.

"저는 그 사람을 그림으로 떠올려 봅니다."

K 씨는 대답했다.

"그리고 되도록 비슷해질 수 있도록 신경 쓰죠."

"예? 뭐가 비슷해져요? 그림이요?"

"아니죠."

K 씨가 말했다.

"인간이."

---

* 취리히 판본 98쪽 이하. 다음 글도 참조할 것.「초상화의 완성」(GBA 22, 10쪽 이하.)

“모든 일에는 그에 맞춤한 때가 있다”는 말이 주는 혼란

(1948년 이전)

어느 날, 여전히 조금 서먹한 사람의 집에 손님으로 묵게 되었다. K 씨는 집주인이 침실 구석 자리, 침대에서 바로 보이는 자리의 작은 테이블 위에 이미 아침식사를 위한 식기를 가지런히 차려놓은 것을 발견했다. 처음에는 참 부지런한 사람이라고 좋게 생각했던 K 씨는 혹시 주인 부부가 그만큼 자신을 빨리 보내고 싶어 서둘렀던 게 아닐까 하는 느낌을 떨칠 수가 없었다. K 씨는 자신도 한밤중에 잠자리에 들기 전에 아침식사를 위한 식기를 준비해 두는 것이 좋을지 하는 의문에 사로잡혔다. 얼마 동안 생각한 끝에 그는 특정한 때에는 그런 준비가 옳겠다는 결론을 얻었다. 마찬가지로 K 씨는 다른 사람들도 그때그때 상황에 맞게 이 문제를 좀 신중히 생각해 보는 것이 옳다고 여겼다.

성공

(1948년 이전)

K 씨는 지나가는 어떤 여배우를 보고 말했다.

"예쁘군."

동행하던 사람이 말했다.

"그녀는 예쁘기 때문에 최근 성공했어."

K 씨는 화를 내며 대답했다.

"그녀는 성공했기 때문에 예쁜 거야."

코이너 씨와 고양이

(1948년 이전)

K 씨는 고양이를 좋아하지 않았다. 그는 고양이가 인간의 친구가 될 수는 없다고 보았다. 그러니까 K 씨도 고양이의 친구는 아니다.

"만약 우리가 서로 같은 관심사를 가졌다면, 고양이의 적대적인 태도가 나에게는 아무렇지도 않았을 거야."

K 씨는 이렇게 되뇌었다. 그러나 K 씨는 자신의 의자 위에 올라앉은 고양이를 마지못해 내쫓을 뿐이었다.

"편안히 누워 쉬는 것도 일이지."

하고 그는 말했다.

"그 정도 일이라면 고양이도 할 수 있지."

고양이가 문 앞에서 울면 그는 자리에서 일어나, 특히 추울 때 안으로 들여 주어 따뜻하게 해 주었다.

"고양이의 계산은 간단해."

하고 그는 말했다.

"소리쳐 울면 문을 열어 주지. 문을 열어 주지 않는다면 고양이는 더는 울지 않아. 외쳐 부름, 그것은 진보야."

코이너 씨가 좋아하는 동물*

(1935/1936년)

K 씨는 어떤 동물을 가장 좋아하느냐는 물음을 받고 코끼리를 꼽았다. K 씨가 밝힌 이유는 이랬다. 코끼리는 꾀와 강인함을 함께 갖춘 동물이다. 꾀라고 해서 주변이 눈치 채지 못하는 가운데 먹이를 가로채거나 좋은 것이면 무엇이든 먼저 차지하려는 꼼수는 아니다. 코끼리의 꾀는 큰일을 꾸미는 강인함을 뒷받침해 주는 것이다. 코끼리는 가는 곳마다 커다란 흔적을 남긴다. 그럼에도 온화하며 장난을 즐길 줄 안다. 코끼리는 좋은 친구이면서 좋은 적이기도 하다. 매우 크고 육중하면서도 대단히 빠르다. 몸뚱이가 그렇게 큰데도 코끼리의 코는 아주 작은 먹이, 이를테면 땅콩을 간단하게 낚아챈다. 코끼리는 귀도 마음대로 조절할 줄 안다. 코끼리는 맘에 드는 소리만 듣지 않던가. 또 코끼리는 대단히 오래 산다. 사교적이기도 하다. 코끼리끼리만 어울리는 것도 아니다. 코끼리는 어디를 가나 인기를 한 몸에 누리며, 또 두려움의 대상이 되기도 한다. 코끼리의 익살맞은 몸짓

* 이 이야기는 시로도 썼다.

은 심지어 우러름을 자아내기도 한다. 코끼리의 가죽은 두꺼워 칼이 부러질 정도다. 그러나 기질만큼은 섬세하다. 코끼리는 슬퍼할 줄 안다. 또 곧잘 화도 낸다. 코끼리는 춤추는 것을 즐긴다. 코끼리는 아무도 없는 깊은 숲으로 들어가 죽는다. 코끼리는 아이들은 물론이고 다른 작은 동물도 좋아한다. 잿빛의 코끼리는 그 육중한 몸집으로만 눈에 띈다. 코끼리는 인간의 식용이 될 수 없다. 코끼리는 일을 잘 한다. 물 마시는 것을 좋아하며 명랑하다. 코끼리는 예술에도 기여한다. 코끼리는 상아를 공급하니까.

고대*

(1948년 7월 이전)

몇 개의 물주전자를 그린 화가 룬트슈퇴름Lundström의 '구성주의' 그림 앞에서 K 씨는 이렇게 말했다.

"고대의 그림, 야만의 시대에 그려진 그림이로군! 당시 사람들은 서로 잘 알지 못했으며, 둥근 것은 둥글지 않았고, 뾰족한 것도 뾰족하지 않았어. 화가는 대상에게 본래 모습을 돌려 주어, 고객에게 특정한 것, 분명한 것, 확실한 형식을 가진 것을 보여 주어야만 했지. 당시 사람들은 그만큼 불분명하고, 유동적이며, 애매한 것을 많이 보았기 때문이지. 사람들은 부패하지 않을 청렴함에 몹시 굶주린 나머지, 애매해서 말도 안 되는 장난에 현혹되지 않는 남자를 보면 환호했지. 이 그림을 보니 작업은 여러 화가가 각 부분을 나누어 진행한 게 분명해. 형식을 담당한 화가들은 대상

* 이 이야기는 1953년 별쇄본으로도 나와 있다. .
이 글은 구성주의의 배경을 알아야 이해할 수 있다. 사실주의를 배격하고 기계적 · 기하학적 형태의 합리적 · 합목적적 구성으로 새 형식미를 창조하려는 구성주의는 러시아혁명 이후부터 1920년대에 걸쳐 일어난 예술 사조다. 혁명의 혼란으로 추상적으로 흘렀던 풍조를 브레히트가 고대, 곧 네로 치하의 로마에 빗대 비판하는 것이 이 글의 주된 내용이다.

의 목적 따위는 아예 신경 쓰지 않았어. 봐, 이 주전자로는 물을 따를 수가 없어. 당시에는 오로지 쓸모 있는 물건에만 관심을 가진 사람이 많았던 것이 틀림없어. 예술가는 이런 경향에도 저항해야만 했지. 야만의 시대, 고대야!"

K 씨는 그림이 현대에 그려진 것이라는 귀띔을 받았다.

"그래."

K 씨는 서글픈 표정으로 말했다.

"고대의 것이로군!"*

---

* 가이우스 페트로니우스 아르비테르(Gaius Petronius Arbiter, ?~66년)의 작품 『사티리콘*Satyricon*』 역시 수사학의 몰락을 불평하는 것으로 시작한다.

멋진 대답

(1934~1939년)

어떤 노동자가 법정에서 선서의 형식을 세속적인 것으로 할지, 아니면 교회 식으로 할지* 하는 질문을 받았다. 노동자는 이렇게 대답했다.

"저는 실직 상태입니다."

"이 대답은 주의를 다른 곳에 돌리려는 의도에서 한 것만은 아니야."

K 씨가 말했다.

"이 대답으로 노동자는 그런 질문, 아마도 전체 재판 절차 자체가 아무런 의미를 가지지 않는 상황에 자신이 처했음을 깨우쳐 주었어."

---

* "나는 맹세합니다" 하는 것이 세속적 형식이며, 교회적인 것은 "신이 나를 도와 진실만 말하도록" 하는 것이다.

칭송*

(1941년 5월 이전)

K 씨는 예전에 가르쳤던 제자가 자신을 칭송하고 다닌다는 이야기를 듣고 이런 말을 했다.

"제자는 이미 오래전에 스승의 실수를 잊어버렸을지라도, 스승은 늘 실수를 기억하게 마련이지."

---

* 취리히 판본에 초고가 수록됨(84쪽 이하).

두 도시*

(1934~1939년)

K 씨는 A 시보다 B 시**를 더 좋아한다.

"A 시에서는" 하고 K 씨는 말문을 열었다. "사람들이 나를 좋아해. 그러나 B 시 사람들은 나에게 친절하지. A 시 사람들은 나에게 봉사하지. 그러나 B 시 사람들은 나를 필요로 해. A 시 사람들은 나에게 식탁에 자리를 잡고 앉으라고 부탁하지만, B 시 사람들은 나에게 주방으로 가서 함께 요리를 하자고 간청해."

---

* 취리히 판본에 초고가 수록됨(86쪽 이하).

** 베를린과 아우크스부르크.

친절한 충고

(1934~1939년)

친구를 돕는 올바른 방법의 가장 좋은 사례로 K 씨는 다음의 이야기를 들려줬다.

"어떤 늙은 아랍인에게 세 명의 청년이 찾아와 이렇게 말했다.

'아버님이 돌아가셨습니다. 아버님은 저희에게 17마리의 낙타를 물려주시고 유언장에 이렇게 쓰셨습니다. 장남은 절반을, 둘째는 3분의 1을, 막내는 9분의 1을 각각 나누어 가지라고 말이죠. 그런데 저희는 아버님 말씀대로 나누어 가질 수가 없습니다. 평소 아버님과 가깝게 지내셨던 어르신께서 결정해 주십시오!'

아랍인은 잠시 생각에 잠긴 끝에 이렇게 말했다.

'유언대로 나누어 가지기에는 낙타 한 마리가 부족하군. 나는 단 한 마리의 낙타만 가지고 있으나, 흔쾌히 자네들에게 주겠네. 낙타를 데리고 가서 나누고 남는 것이 있거든 돌려 주게.'

형제는 이런 친절한 충고에 감사한 다음, 낙타를 데리

고 가서 이제 18마리의 낙타를 장남이 절반, 곧 아홉 마리를, 둘째가 3분의 1인 여섯 마리를, 그리고 막내가 9분의 1인 두 마리를 각각 나누어 가졌다. 저마다 자신의 몫을 챙기고 나자 놀랍게도 낙타는 한 마리가 남았다. 형제는 이 남은 낙타 한 마리를 다시금 감사하며 노인에게 돌려주었다."

K 씨는 이 친절한 충고가 그 어느 쪽에도 희생을 강요하지 않았기 때문에 올바르다고 말했다.

남의 집에 손님으로 간 코이너 씨*

(1948년 이전)

남의 집에 들어서면서 K 씨는 자리에 앉아 쉬기 전에 가장 먼저 집의 출구부터 살폈다. 왜 그러느냐고 묻자 그는 겸연쩍은 표정을 지으며 말했다.

"오래된 기묘한 습관이죠. 저는 혹시라도 다툼이 일어나는 것을 좋아하지 않습니다. 그래서 제가 거처하는 곳이 하나 이상의 출구가 있는 것이 좋습니다."

---

* 취리히 판본 90쪽 이하에 수록됨. 「피난처」라는 시도 참조할 것. "집은 피신할 문을 네 개 가졌네."(GBA 12, 83쪽)

코이너 씨와 일관된 태도

(1948년 이전)

어느 날 K 씨는 자신의 친구에게 이렇게 물었다.

"얼마 전부터 맞은편에 사는 남자와 알고 지냈어. 이제는 그와 더는 만나고 싶지가 않네. 더 사귈 이유가 없어졌는데 뭐라고 하면서 그만 보자고 할지 좀 난감해. 그런데 지금 알게 된 사실인데 최근 그는 이제껏 자신이 세 들어 살던 작은 집을 아예 사들였더라고. 집을 사자마자 창문 앞의 자두나무*가 빛을 가린다고 잘라 버리게 했어. 아직 반밖에는 안 익었지만 그래도 자두가 탐스럽게 달린 나무를. 이 문제를 구실 삼아 관계를 끊으면 어떨까? 적어도 외부적으로 내세울 만한 구실이잖아. 아니면 최소한 이런 구실이면 내 맘이 켕기지는 않겠지?"

며칠 뒤 K 씨는 친구에게 이런 이야기를 했다.

"이제 그치와 절교했어. 생각해 봐, 그는 이미 몇 달 전부터 당시 집주인에게 나무가 빛을 가린다며 잘라 달라고 요구했어. 그러나 정작 자르려 하자 열매는 따야 하니까 그때

---

* 시 「자두나무」를 참조할 것.(GBA 12, 21쪽)

까지는 그대로 두자고 했다더군. 그런데 지금 집이 자신의 소유가 되자 아직 익지 않은 열매들이 풍성하게 달린 나무를 정말 베어 버린 거야! 내가 그와 교제를 끊은 건 일관되지 못한 행동 탓이네."

생각의 아버지*

(1929년)

K 씨는 너무 자주 희망을 생각의 아버지라 여긴다는 비난을 받았다. K 씨는 이렇게 대답했다.

"희망이 아버지가 아닌 생각은** 결코 있을 수 없다. 다만 그게 어떤 희망인지 하는 논란은 벌어질 수 있다. 친부 확인이 어렵다고 해서 아이에게 아버지가 없다고 의심할 수는 없는 노릇이다."

---

* 초고는 취리히 판본에 수록됨. 94쪽 이하.

** 다음 문장을 참조할 것. "희망은 생각의 아버지야, 헨리."(셰익스피어, 『헨리 4세』, 4막)

재판*

(1948년 이전)

K 씨는 큰 재판이 열릴 때 멀리 떨어진 지역의 판사를 불러 오도록 한 고대 중국의 법 규정이 확실히 모범적이라고 보았다. 이렇게 불려 온 판사는 매수되기가 훨씬 더 어렵기 때문이다.(그러니까 매수당할 가능성이 줄어드는 것이 틀림없다.) 현지의 판사, 곧 이런 상황에서 어떤 일이 벌어질 수 있는지 환히 아는 현지 판사가 타지 출신의 동료를 두 눈 부릅뜨고 감시할 게 아닌가. 또 이렇게 소환된 판사는 현지의 풍습과 상황을 일상적으로 접하지 않아 잘 모를 수밖에 없다. 부당한 일이 자주 벌어진다는 이유로 정당한 것처럼 여겨지는 일은 얼마나 많은가. 새로 온 재판관은 모든 것을 새롭게 보고받아야만 하기 때문에 뭔가 이상한 점을 쉽사리 간파할 수 있다. 그래서 결국 타지 출신의 판사는 감사함이나 효행 혹은 가까운 지인의 잘못을 눈감아 주는 덕목 따위로 객관성이라는 덕목을 깨뜨릴 강요를 받지 않는다. 또는 주변에 적을 만들 정도로 과감한 용기를 가질 필요도 없다.

---

* 초고는 취리히 판본 90쪽 이하에 수록됨.

소크라테스*

(1932년 이전)

철학사 책을 탐독하고 난 뒤 K 씨는 사물이 원칙적으로 알 수 없는 것이라는 철학자들의 주장에 비판적인 견해를 나타냈다.

"소피스트들이 탐구해 보지도 않고 많은 것을 안다고 주장했을 때"** 하고 그는 말문을 열었다. "소크라테스라는 이름의 소피스트는 '나는 내가 아무것도 모른다는 것을 안다'***는 오만한 주장과 함께 불쑥 나타났다. 그는 자신의 주장에 '나도 탐구해 보지 않았으니까' 하는 말을 덧붙였어야 하지 않았을까.(무엇인가 알려면 우리는 탐구해야만 한다.)

그러나 그는 더는 말하지 않았던 모양이다. 또는 아마도

---

* 이보다 앞서 쓰인 글에는 "코이너 씨와 인식론"이라는 제목이 붙었다. 초고는 취리히 판본 96쪽 이하에 수록됨.

** 소피스트라는 표현은 원래 사상가와 현자, 이를테면 프로타고라스와 소크라테스를 가리키는 표현이었으나 나중에 '교묘하게 부풀린 가짜 지혜(궤변)'를 통칭하는 것이 되었다.

*** 이 말은 플라톤이 전해 준 것이다(『소크라테스의 변론』, 29b). 소크라테스는 신탁을 해석해 자신이 가장 현명한 사람이어서 이런 통찰을 남들에 앞서 가질 수 있으며, 그래서 진리를 말할 수 있다고 주장했다.

그의 첫 말 뒤에 터져 나온 끝없는 박수갈채가 2천 년이 넘게 지속되면서 다음 말을 삼켜 버렸거나."

사신*

(1934~1939년)

최근 나는 K 씨와 함께 적국 정부가 보낸 사신 X 씨의 경우를 두고 이야기를 나누었다.

X 씨는 자국 정부로부터 위임받은 임무를 수행했으며, 커다란 성공을 거두고 귀국했음에도 안타깝게 최악의 처벌을 받았다고 한다.

"그는 임무를 수행하느라 적인 우리와 너무 깊은 관계를 맺었다는 비난을 받았다더군요."

내가 말했다.

"그가 그런 태도를 보이지 않았더라도 성공할 수 있었을까요?"

"분명 아니죠."

K 씨가 대답했다.

"그는 적과 협상을 하기 위해 만찬을 즐겨야만 했으며, 목적을 이루고자 자국의 입장에서 보면 범죄자나 다름없는 인간들에게 아첨을 떨고 조국을 조롱해야만 했습니다."

* '나'라는 화자가 등장하는 유일한 이야기가 이 작품이다.

"그렇다면 그는 올바르게 행동한 것입니까?"

내가 물었다.

"그럼요, 물론이죠."

K 씨는 심드렁한 표정으로 답했다.

"그는 적절히 행동했습니다."

이런 말로 K 씨는 나와 작별하려 했다. 그렇지만 나는 그의 옷소매를 잡고 놓아 주지 않았다.

"그렇다면 어째서 그는 귀국하고 그런 처벌을 받아야만 했을까요?"

나는 화가 나서 물었다.

"그는 맛난 음식에 익숙해졌으며, 범죄자와 교류를 계속해 판단력이 흐려졌을 겁니다."

K 씨는 무심한 투로 말했다.

"그래서 저들은 그를 처벌해야만 했죠."

"그럼, 선생님이 보시기에는 저들이 올바르게 행동한 것입니까?"

나는 놀라서 반문했다.

"그럼요, 당연하죠. 저들이 달리 어쩌겠습니까?"

K 씨의 어조는 차분했다.

"그는 목숨을 잃을 수 있는 위험한 임무를 떠맡을 용기를 보여 주었고, 이를 수행하는 공훈을 세웠죠. 바로 그래서 그는 죽임을 당했습니다. 이제 저들이 그를 매장하지 않고 허공 가운데 썩게 내버려 두어 악취를 참아야만 할까요?”

자연스러운 소유 본능*

(1934~1939년)

어느 모임에서 누군가 소유욕이야말로 타고난 것이라고 하자 K 씨는 예로부터 어업에만 종사해 온 어부들의 이야기를 들려줬다.

"아이슬란드의 남쪽 해안에는 닻으로 고정된 부표를 이용해 그 앞 바다를 몇 개의 구역으로 나누어 가진 어부들이 살았습니다. 어부는 이 해역을 자신의 재산보다 더 아꼈죠. 어부는 해역을 자기 몸처럼 소중히 여겨, 그곳에 생선이 없을지라도 결코 포기하지 않을 겁니다.

어부는 자신이 잡은 생선을 내다 파는 항구 도시의 주민을, 겉만 번지르르하며 자연으로부터 멀어진 부류라 여기며 경멸했습니다. 어부는 자신이야말로 바다 친화적이라며 자부심이 대단했죠. 어획량이 많을 때면, 물고기를 가두리 안에 넣어 두고 이름을 붙여 주며 자신의 그 어떤 재산보다 더 끔찍하게 아꼈습니다.

얼마 전부터 어부의 경제 사정은 나빠졌지만, 이들은 어

* 초고는 취리히 판본 82쪽 이하에 수록됨.

떤 개혁 시도도 단호히 거부해 자신의 풍습을 무시하는 정부들을 차례로 실각시켜 버렸습니다.

이런 어부야말로 인간이 자연적으로 가지는 소유 본능의 힘을 반박의 여지가 없이 입증해 줍니다."

만약 상어가 인간이라면

(1940년)

"만약 상어*가 인간이라면" 하고 하숙집 여주인의 딸아이가 K 씨에게 물었다.

"그럼 상어는 작은 물고기**에게 더 살갑게 굴까요?"

"그렇지."

하고 K 씨가 대답했다.

"만약 상어가 인간이라면 작은 물고기를 위해 식물성은

---

* 보통은 이윤 추구의 잔혹함을 뜻한다. 여기서 브레히트는 상어를 휴머니티와 문화를 앞세운 지배계급의 잔혹함에 빗대고 있다. 다음도 참조할 것. "칼잡이 맥키의 살인자 발라드Die Moritat von Mackie Messer"(영: Mack the Knife), 출전: 『서푼짜리 오페라*Die Dreigroschenoper*』(GBA 2, 231쪽 이하)
(『서푼짜리 오페라』는 브레히트의 원문에 작곡가 쿠르트 바일Kurt Weill이 곡을 붙인 것이다. 영국 작가 존 게이John Gay가 헨델의 고상한 오페라를 조롱하려고 1728년에 만든 "거지의 오페라The Beggar's Opera"를 현대적으로 개작한 작품이다. 'Moritat'는 '살인자 발라드'라는 발라드 하위 장르로, 범죄자의 잔혹함을 발라드로 부르는 곡이다. "거지의 오페라"에 등장하는 강도 매키스Macheath가 칼잡이 맥이다. 첫 두 소절의 가사는 "진주처럼 하얀 이를 드러내는 상어는 굉장한 이빨을 가졌지 / 매키스는 나이프를 가졌지만 숨기고 있어."다. 옮긴이)

** 대 피터 브뢰겔(Pieter Brueghel de Oude, 1525~1569)의 그림 "큰 물고기가 작은 물고기를 잡아먹네"(1556)를 참조할 것.
브뢰겔은 중세 브라반트 공국의 화가로, 북유럽 르네상스를 대표하는 인물이다. 마찬가지로 화가인 아들들과 구별하기 위해 '대'라는 칭호가 붙는다. 옮긴이

물론이고 동물성 먹잇감까지 가득 든 커다란 통을 바닷속에 만들어 줄 거야. 상어는 그 통의 물이 항상 신선하도록 갈아 주며, 생각할 수 있는 모든 위생 조치도 해 주겠지. 가령 조그만 물고기 한 마리가 지느러미를 다친다면 곧바로 붕대를 감아 줄 거야. 그래야 식사 때가 되기도 전에 상어가 지켜보는 앞에서 조그만 물고기가 죽는 일이 생기지 않을 테니까.

작은 물고기가 울적해 하지 않도록 이따금 성대한 수중 축제도 열어 줄 거야. 명랑한 놈이 울적한 녀석보다 훨씬 더 맛이 좋으니까. 그 커다란 통 안에는 물론 학교도 있겠지. 이 학교에서 작은 물고기는 상어의 아가리 안으로 헤엄쳐 들어가는 법을 배울 거야. 이를테면 어딘가에서 빈둥거리며 아가리나 벌리고 있을 상어를 찾아가기 위해 지리도 배워야겠지. 작은 물고기의 교육에 가장 중요한 과목은 물론 도덕이야. 작은 물고기는 기꺼이 자신을 희생하는 것이 가장 위대하며 최고로 아름다운 일이라는 가르침을 받겠지. 그리고 찬란한 미래를 열어 주겠다는 상어의 말을 믿어야만 해. 작은 물고기는 이 미래가 복종이 몸에 배어야만 보장된다고 배울 거야. 작은 물고기는 모든 저속하며, 유물론적이고, 이기적*이며 마르크스주의적인 경향을 경계해야 하며, 그들 가운데 누군가 이런 경향을 보인다면 즉각 상어에게 신고해야만 한다고 배우겠지.

만약 상어가 인간이라면, 당연히 남의 물고기 통과 남의 물고기를 차지하려고 서로 전쟁도 벌일 거야. 상어는 전쟁을 자신의 작은 물고기들로 치르게 할 거야. 상어는 자신의 작은 물고기에게 너희와 다른 상어의 작은 물고기 사이에는 엄청난 차이가 있다고 가르칠 거야. 너희는 주지하듯 말이 없지만, 그 침묵조차 완전히 다른 언어로 하기 때문에 서로 소통하는 일은 아예 불가능하다고 상어는 윽박지를 거야. 전쟁에서 적의 다른 언어로 침묵하는 물고기 몇 마리를 죽이는 물고기는 저마다 바닷말로 만든 작은 훈장과 함께 영웅이라는 칭호를 수여받을 거야.

만약 상어가 인간이라면, 당연히 예술도 존재할 거야. 상아의 날카로운 이빨을 화려하게 색칠하고, 그 아가리를 마음껏 뛰놀 수 있는 해맑은 유원지로 묘사한 아름다운 그림은 차고 넘쳐나겠지. 해저에 마련된 무대에서는 영웅으로 불리는 용맹한 작은 물고기가 상어 아가리 속을 열정적으로 헤엄칠 거야. 아름다운 음악에 취한 채 작은 물고기들은 악대의 꽁무니를 따라 몽환적이며 지극히 편안한 상념에

* 저항하는 물고기에게 상어가 덧씌운 특성.

젖어 상어 아가리 안으로 빨려들겠지.

만약 상어가 인간이라면, 종교도 구비할 거야. 종교는 작은 물고기에게 상어의 뱃속에서야 비로소 제대로 된 삶이 시작된다고 가르치겠지.

더욱이 만약 상어가 인간이라면, 모든 물고기가 지금처럼 평등할 일은 없게 될 거야. 그들 가운데 몇몇은 관직을 받고 다른 물고기 위에 군림하겠지. 심지어 조금 더 크다고 더 작은 놈을 먹어치우는 녀석이 속출할 거야. 상어야 더 큰 먹이를 얻을 테니 즐거울 따름이지. 그리고 좀 더 큰 몸집의, 요직을 차지한 물고기는 물고기 세계의 기강 운운하며 호통칠 것이고, 그보다 조금 못한 놈은 교사, 장교, 물고기 통의 건축 기사 따위로 쓰임을 받을 거야.

요컨대, 만약 상어가 인간이라면 바닷속에 비로소 문화가 생겨나겠지."

기다림

(1934~1939년)

K 씨는 어떤 것을 하루, 그 다음에는 일주일을, 그런 다음에는 한 달을 기다렸다. 마침내 그는 이렇게 털어놓았다.

"한 달은 얼마든지 기다리겠어, 그러나 하루와 일주일은 힘들더군."

꼭 필요한 관리*

(1948년 7월 이전)

상당히 오랜 동안 관직에 머무르고 있는 어떤 관리를 두고 칭찬하는 뜻에서 '그는 없어서는 안 될, 그 정도로 훌륭한 관리'라는 말을 K 씨는 들었다.

"어째서 그가 꼭 필요해?"**

K 씨는 미심쩍은 투로 물었다.

"그가 없이는 그 일이 제대로 돌아가질 않아."

관리를 칭찬하던 사람들이 입을 모아 말했다.

"그가 없이는 그 일이 제대로 돌아가질 않는데 어떻게 그가 훌륭한 관리라는 거지?"

K 씨는 반문했다.

"자신이 없어도 될 정도로 관직을 다듬어 놓을 시간이 충분했잖아. 대체 그는 무슨 일을 한 거야?

---

* 초고는 취리히 판본 88쪽 이하에 수록됨.

** 관리의 필요성 여부라는 주제는 다음 글도 참조할 것.
「형편없는 관리」, 출전: 『반전의 책*Buch der Wendungen*』(GBA 18, 155쪽)
「예외와 규칙Die Ausnahmen und die Regel」이라는 글에는 다음과 같은 표현이 나온다. "관리가 할 수 있는 말 중에 가장 좋은 말은 이것이다. '나는 불필요해졌다.'"(GBA 18, 668쪽)

내가 말해 줄까?
그건 협박과 갈취 행위야!”

견딜 만한 비방

(1948년 이전)

어떤 동료가 자신이 불친절하다는 비난을 하고 다닌다는 말을 K 씨는 들었다.

"알아. 하지만 내 등 뒤에서만 그래."

하고 K 씨는 그를 변호했다.

코이너 씨의 운전

(1950~1955년)

K 씨는 운전을 배우기는 했지만, 처음에는 몹시 서툴렀다.

"나는 이제야 운전을 배웠어."

그는 멋쩍은 표정으로 변명했다.

"하지만 운전은 두 대의 자동차를 해야만 하는 거더군. 앞서 가는 차를 주의해야 해. 이 차의 운전 행태가 어떤지 관찰하고, 무슨 장애물을 주의하는지 판단해야만 내 차를 어찌 운행해야 하는지 알 수 있어."

코이너 씨와 서정시

(1940~1947년)

시집 한 권을 읽고 난 뒤 K 씨는 이런 말을 했다.

"로마에서 공직 후보자는 광장에 주머니가 달린 옷을 입고 나가서는 안 된다더군. 그래야 뇌물을 받아 챙길 수 없으니까. 마찬가지로 시인은 소매가 달린 옷을 입지 않아야 해. 그래야 시구를 마술 부리듯 흘려대지 않을 테니까."

점성술

(1950년대)

K 씨는 별점을 보는 사람들에게 다음에 점성술사를 찾아가거든 과거의 특정한 날, 곧 어떤 특정한 행운이나 불운이 일어났던 날짜를 일러 주고 그날의 운세를 보아 달라고 해 보라고 권했다. 별자리를 본 점성술사는 틀림없이 운세의 비밀을 누설해 줄 것이라면서.

K 씨의 이런 충고는 별 실효를 보지 못했다. 점을 믿는 사람들은 점성술사에게 자신의 경험과 맞지 않는 별자리의 길흉을 듣기는 했지만, 여전히 제시된 날짜의 별자리는 자신의 길운을 열어 줄 가능성을 가졌다고 고집했기 때문이다. K 씨는 놀라 어처구니없는 표정을 숨기지 못하며 이렇게 물었다.

"도대체 알 수가 없네요."

그는 말했다.

"모든 피조물 가운데 어째서 오로지 인간만 별자리에 영향을 받을까요? 별자리의 힘이 동물을 어쩌지는 못하잖아요. 물병자리의 운세를 가진 사람이 황소자리 운세의 벼룩을 몸에 지니고 물에 빠지면 무슨 일이 일어나나요? 벼룩은 대단히 좋은 운세를 가졌음에도 그 사람과 함께 익사하잖아요. 거참 이상하네요."

오해를 받는다는 것

(1950~1955년)

어떤 모임을 찾아갔던 K 씨는 이런 경험담을 들려줬다. 대도시 X에는 이른바 '헐* 클럽'이라는 것이 있다. 이 클럽의 풍습은 매년 정해진 날짜에 만나 성대한 만찬을 즐기고 난 뒤 몇 차례 "헐" 하고 구호를 외치는 것이다. 이 클럽은 지속적으로 자신의 생각을 숨길 수가 없어 결국 표현은 하지만, 늘 오해를 받는 경험으로 괴로워하는 사람을 회원으로 받는다.

"물론 내가 듣기로는" K 씨가 고개를 절레절레 저으며 말했다. "이 '헐'조차도 오해받는다고 하더군. 이 구호가 아무런 뜻을 가지지 않는다고 여기는 사람이 적지 않은가 봐."

* '헐'은 'Humpf'라는 단어를 옮긴 것이다. 이 단어는 영어에서 온 것으로 '좌절이나 놀라움의 느낌을 귀엽게 나타내는 것'이라 한다. 적절한 역어가 없어 고심 끝에 '헐'로 옮겼음을 밝혀 둔다. 옮긴이

두 명의 운전자*

(1953년 3월)

K 씨는 무대 스태프 가운데 두 명의 작업 방식이 어떠냐는 물음을 받고 이렇게 비교했다.

"내가 아는 어떤 운전자는 교통 규칙을 숙지하고 있으며, 또한 잘 지키고, 자신에게 유리한 쪽으로 이용할 줄 안다. 그는 기회가 있을 때마다 능숙하게 추월하면서도 이내 규정 속도를 지키면서 엔진에 무리를 주지 않으며 다른 차량들 사이에서 신중하고도 과감하게 길을 열어 나간다.

내가 아는 또 한 명의 운전자는 전혀 다르다. 그는 자신이 가야 할 길보다도 전체 교통 상황에 더 관심을 가지며 자신이 운전하는 차량이 전체의 부분이라고 여긴다. 그는 자신의 권리를 우선시하지 않으며, 개인적으로 부각되는 일을 하지 않는다. 그는 정신적으로 앞차와 뒤차와 함께 운행하면서 모든 차량과 보행자가 물 흐르듯 나아가는 데에서 즐거움을 느낀다."

---

* 이 이야기는 브레히트가 베를린 앙상블에서 무대 작업을 할 때 쓰였다. 75쪽 「K 씨의 운전」을 참조할 것.

정의감

(1950~1955년)

K 씨가 손님으로 묵은 집의 주인은 개를 한 마리 키웠다. 그런데 어느 날 이 개가 죄책감이 가득한 표정으로 낑낑대며 바닥을 설설 기었다.

"개가 무슨 잘못을 저질렀나 봅니다, 당장 엄하고도 안타까운 분위기를 지어 가며 개와 대화를 나누세요."

K 씨가 충고했다.

"하지만 무슨 잘못을 저질렀는지 저는 모르는데요."

주인은 난감한 표정을 지었다.

"그건 개도 알 수 없죠."

K 씨가 절박한 목소리로 말했다.

"얼른 유감이라는 뜻을 표하세요, 그렇지 않으면 개의 정의감이 무너집니다."

친절

(1950~1955년)

K 씨는 친절한 태도를 매우 소중히 여긴다. 그는 이런 말을 했다.

"친절할지라도 누군가를 깔보거나, 상대가 가진 가능성으로 판단하지 않거나, 자신에게 친절할 때에만 친절하게 대하거나, 상대가 뜨겁게 달아올랐는데 차갑게 바라보거나, 그가 차가운데 뜨겁게 바라보는 것은 친절하지 않다."

†코이너 씨와 조카딸의 그림

(1950~1955년)

코이너 씨는 어린 조카딸이 그린 그림을 보았다. 농가의 앞마당을 날아오르는 닭을 그린 것이다.

"왜 네 닭은 다리가 세 개야?"

코이너 씨가 물었다.

"닭은 날지 못하잖아요."

꼬마 화가가 대답했다.

"그래서 저는 땅을 박차고 오르라고 세 번째 다리를 그렸어요."

"내가 물어보길 참말로 잘했구나."

코이너 씨가 말했다.

코이너 씨와 맨손체조*

(1956년)

어떤 친구가 코이너 씨에게, 가을에 정원에 있는 커다란 나무에서 버찌를 모두 따고 나서 건강이 더 좋아졌다고 말했다. 나무 꼭대기까지 기어 올라가 좌우와 머리 위로 손을 뻗으며 열매를 따는 바람에 다양한 운동을 한 것이 좋았음에 틀림없다고 그는 말했다.

"버찌를 먹기도 했나?"

코이너 씨는 이렇게 묻고 그렇다는 대답을 듣고 난 뒤 말했다.

"그건 맨손체조로군. 나도 해야겠어."

---

* 1938년에 쓴 시 「버찌 도둑Der Kirschdieb」(GBA 12, 120쪽)을 참조할 것. 대 피터 브뢰겔의 그림 "농부와 새 도둑Bauer und Vogeldieb"(1568)도 참조할 것.

분노와 가르침

(1955년)

코이너 씨는 말했다.

"대중의 분노를 산 사람을 가르치기란 어려워. 그러나 이들이야말로 특히 가르침이 필요하지. 그러니 더 특별히 가르쳐야 해."

†매수라는 문제

(1929년)

어떤 모임에서 코이너 씨가 순수한 인식이라는 주제로 연설을 하며, 순수한 인식은 오로지 매수 행위의 퇴치를 통해서만 추구될 수 있다는 언급을 했다. 그러자 몇몇 참석자는 지나가는 투로, 대체 매수란 무엇으로 할 수 있는 것이냐고 물었다.

"돈이죠."

코이너 씨는 망설임 없이 대답했다. 그러자 여기저기서 탄식이 터져 나왔으며, 심지어 어떤 사람은 실망을 감추지 못하고 고개를 절레절레 저었다. 이런 반응은 뭔가 좀 더 고결한 대답을 기대했음을 여실히 보여 주었다. 그러니까 사람들은 매수라는 것이 어떤 고결한 것, 정신적인 것으로 이루어진다는 희망을 품었던 모양이다. 다시 말해서 매수당한 사람의 부패한 정신 탓에 현혹되었다고 비난하고 싶지 않은 것이 세인의 심리일까.

사람들은 흔히 명예로 매수된다고 말한다. 바꿔 말해서 돈으로 매수되는 것은 아니라는 뜻이다. 그리고 부당한 방법으로 돈을 받은 것이 입증된 사람에게는 돈을 회수하라고 하는 반면, 마찬가지로 부당하게 명예를 취한 사람의 명예는 그대로 두자고 하는 주장도 심심찮게 제기된다.

그래서 돈을 갈취했다고 비난받는 사람은 대개 자신이 돈을 받으려 지배했다는 말을 듣기보다는, 지배할 수 있기 위해 돈을 받았다는 말을 듣는 쪽을 더 선호한다. 그러나 돈이 지배를 뜻하는 곳에서는, 돈의 갈취를 용서해 줄 어떤 것도 지배하지 않는다.

†오류와 발전

(1929년)

오로지 자기 생각만 하는 사람은 자신이 오류를 저질렀다고 믿지 않는 통에 더 발전하지 못한다. 그래서 우리는 오류를 저지르고도 포기하지 않고 계속 노력하는 사람을 생각해야만 한다. 이렇게 할 때만 정체되는 것을 막을 수 있다.

†사람 보는 안목

(1929년)

사람 볼 줄 아는 안목이 부족했던 코이너 씨는 이런 말을 했다.

"착취가 이뤄지는 곳에서만 사람 보는 안목이 필요해. **생각한다는 건 곧 변화를 일으킨다는 뜻이지.** 내가 어떤 사람을 생각한다는 것은 그를 변화시키는 거야. 그래서 나는 마치 내가 생각한 사람이 지금 그대로의 모습이 아니라, 내가 그를 생각하기 시작했을 때의 모습으로만 여겨져."

†코이너 씨와 만조

(1929년)

계곡을 지나가던 코이너 씨는 갑자기 발까지 물이 차오른 것을 발견했다. 주위를 돌아보고 나서야 그는 계곡이 실제로는 바다로 이어지는 만의 일부이며, 만조 때가 가까워졌음을 깨달았다. 그는 곧장 멈춰 서서 거룻배가 있는지 찾아보았다. 거룻배를 찾는 동안 그는 멈춰 선 자리에서 꼼짝도 하지 않았다. 그러나 거룻배가 보이지 않자 그는 이 희망을 버리고, 물이 더는 차오르지 않기만 바랐다. 물이 턱까지 차오르고 나서야 그는 이 희망마저 버리고 헤엄치기 시작했다. 코이너 씨는 바로 자기 자신이 거룻배임을 깨달았다.

코이너 씨와 여배우

(1929년)

코이너 씨는 여배우와 사귀어 친구가 되었다. 어느 날 여배우는 어떤 부자에게 선물을 받았다. 그 때문에 그녀는 부자를 코이너 씨와는 다른 안목으로 보게 되었다. 코이너 씨는 부자가 나쁜 사람이라고 여겼지만, 여자 친구는 부자라고 해서 모두 나쁜 사람은 아니라고 생각했다.

그녀는 왜 부자라고 모두 나쁘지는 않다고 생각했을까? 부자에게 선물을 받았다고 그렇게 생각한 것은 아니다. 오히려 거꾸로, 그녀는 자신이 상대를 가려 가며 선물을 받았다고 여겼다. 그녀는 자신이 나쁜 사람에게 선물을 받지는 않는다고 믿었기 때문이다. 오랜 생각 끝에 코이너 씨는 그녀의 믿음을 믿을 수 없다는 결론을 내렸다.

"차라리 돈을 받아!"

하고 코이너 씨는 외쳤다(피할 수 없으면 이용하라는 뜻에서).

"부자는 제값을 치르고 선물을 산 게 아니야. 훔친 거야. 좋은 배우가 될 생각이 있어? 그래, 그렇다면 이 형편없는 인간에게 그 장물을 받아!"

"천연덕스럽게 돈을 받지 않으면 내가 좋은 배우가 될 수 없다는 거예요?"

여배우가 물었다.

"못 되지."

코이너 씨는 흥분한 목소리로 대답했다.

"못 되지, 될 수 없어, 아냐."

†코이너 씨와 신문

(1929년)

코이너 씨는 신문에 저항하는 투사인 비르Wirr* 씨를 만났다.

"저는 신문의 강력한 적입니다."

비르 씨는 이렇게 말하고는 이내 덧붙였다.

"저는 신문이 필요없습니다."

코이너 씨가 대답했다.

"저는 신문의 보다 더 강력한 적입니다. 저는 다른 신문을 원합니다."

"쪽지에 적어 주시죠."

하고 코이너 씨는 비르 씨에게 말했다.

"신문이 발행될 수 있는 조건으로 무엇을 요구하시나요? 신문은 앞으로도 발행될 것이기 때문입니다. 그러나 최소한의 요구 조건만 내거셔야 합니다. 가령 신문이 제작될 수 있으려면 매수를 허락할 수 있다는 것이, 매수되지 않음을 요구하는 것보다 저에게는 더 좋습니다. 그럼 신문이 개선

---

* Wirr는 '명확하지 않은, 혼란한' 등을 뜻하는 형용사다. 옮긴이

될 수 있도록 매수라도 할 수 있을 테니까요. 물론 매수의 근절을 요구하신다고 해도 그런 청렴한 신문을 찾아볼 수는 있습니다. 찾지 못한다면, 만들기 시작할 수라도 있죠.

신문이 어떠해야 하는지 쪽지에 적으세요. 쪽지를 승인해 줄 개미라도 찾을 수 있다면 바로 시작할 수 있습니다. 신문은 개선할 수 없다며 공공연히 비난을 일삼기보다는 개미가 신문을 개선하는 데 더 큰 도움을 줄 겁니다. 단 한 마리의 개미가 산을 옮기는 것*이, 산은 옮길 수 없다는 탄식보다 더 현실적일 수 있습니다."

신문은 혼란을 부추기는 수단일지라도, 동시에 질서를 빚어 주는 수단일 수도 있다. 비르 씨와 같은 사람이야말로 신문에 가지는 불만으로 신문의 가치를 증명한다. 비르 씨가 오늘날 신문의 무가치함을 두고 고민하는 것은 사실 신문이 내일 가치를 가질 수 있도록 자극하는 것과 다르지 않다.

비르 씨는 인간을 고결한 존재로 보고 신문은 개선할 수 없다고 여기는 반면, 코이너 씨는 인간은 열등한 존재이며 신문은 개선 가능하다고 여긴다.

---

* 이룩할 수 없는 것의 비유. "낙타가 바늘귀로 나가는 것이 부자가 하나님의 나라에 들어가는 것보다 쉬우니라."(마가복음 10장 25절)

"모든 것은 더 나아질 수 있다."

코이너 씨는 말했다.

"인간만 빼고는."

배신

(창작 연도 미상)

약속은 지켜야 할까?

인간이 약속이라는 것을 해 줄 수 있을까? 뭔가 약속되어야만 하는 곳에는 무질서가 지배한다. 그러므로 질서를 회복하려는 것이 약속이다.

인간은 아무것도 약속할 수 없다. 팔이 머리에게 무엇을 약속하는가? 팔은 팔로 남을 뿐, 발이 되지는 않는다고 약속한다. 팔은 7년마다 다른 팔이 되기 때문이다.*

만약 누군가 다른 사람을 배신한다면, 그는 자신이 약속을 해 준 바로 그 사람을 배신할까? 약속을 받은 사람이 계속 달라지는 상황에 처해 그때그때 상황에 따라 다른 사람이 되는 한, 어떻게 그에게 약속한 것을 지켜줄 수 있을까?

생각하는 사람은 배신한다. 생각하는 사람은 자신이 생

---

* 브레히트가 이 표현 안에 담아낸 암시는 세포의 분열과 죽음으로 몸이 매 7년마다 달라진다는 의학적 이론이다. 인간의 믿음도 이런 식으로 생겨나고 쇠락하며, 이런 변화를 의지대로 통제할 수 없다는 관점은 자연주의 문학의 전통이라고 한다.[『책 인물, 책 인간. 하인츠 코켈의 60회 생신에 부쳐*Buchpersonen, Büchermenschen: Heinz Gockel zum Sechzigsten*』, 구드룬 셔리Gudrun Schury/마르틴 괴체Martin Götze(공동 편집), Königshausen, 2001, 290쪽.]

각하는 사람으로 남는다는 것 말고는 그 어떤 약속도 해 줄 수 없다.

존경

(1929년)

어떤 사람을 두고 코이너 씨는 이런 말을 했다.

"그는 위대한 정치가다. 그가 현재 보이는 모습은 앞으로 그가 어떤 모습을 보여 줄지 착각의 여지를 남기지 않는다.

오늘날 몇몇 개인이 치명적 손상을 입을 정도로 인간이 착취당하며, 이런 착취를 원하지 않는다고 해서, 인간이 착취당하는 것을 희망하지 않는다고 착각해서는 안 된다. 인간을 피폐하게 만들도록 착취하는 자의 잘못은 인간이 도덕적으로 고결한 목적에 기꺼이 착취당하고자 하는 희망을 교묘히 오용하는 만큼 더욱 심각하다."

†이해관계의 충족

(창작 연도 미상)

이해관계가 충족되어야만 하는 주된 이유는 너무 많은 생각을 동시에 할 수 없기 때문이다. 너무 많은 생각은 생각하는 사람의 관심을 여러 방향으로 분산시키기 때문이다. 이해관계가 충족되지 않는다면, 관심을 있는 그대로 내보이고 각 이해관계가 서로 다르다는 것을 강조해야 한다. 이렇게 해야만 생각하는 사람은 다른 사람의 이해관계에 유익한 생각을 할 수 있기 때문이다. 우리는 서로의 이해관계가 다른 것을 알면 보다 더 쉽게 남의 이해관계를 위해 생각할 수 있다.

두 번의 포기*

(창작 연도 미상)

피로 물든 혼란의 시기, 그가 이미 예견했으며, 자신을 뿌리 뽑아 지워 버리고 오랜 동안 집어삼킬 것이라고 이야기했던 혼란의 시기가 찾아왔을 때, 저들은 생각하는 사람을 공공의 집에서 몰아냈다.

그는 지극히 간소한 정도로만 지니고 갈 것을 챙기면서도 혹시 너무 많지는 않을지 걱정했다. 저들이 짐을 모아 그의 앞에 던져 주자 남자 한 명이 지고 갈 정도밖에 되지 않았으며, 그냥 저들에게 줘 버려도 될 것뿐이었다. 생각하는 사람은 숨을 크게 몰아쉬고 이 물건들을 자루에 담아 줄 것을 부탁했다.

물건은 주로 책과 종이로 남자 한 명이 잊어버려도 될 정도 이상의 지식을 담은 것이 아니었다. 그는 자루와 함께 세탁하기 쉬운 것으로 담요 한 장을 골랐다. 그가 가졌던 모든 다른 것은 그대로 버려 두고, 생각하는 사람은 유감을 표하는 한마디의 말과 동의를 표하는 다섯 마디와 함께 떠

---

* 미국 망명 시절 나치를 피해 독일을 떠난 경험을 이야기한 것으로 짐작된다.

났다.

이것은 쉬운 포기였다.

그렇지만 그는 더 어려운 또 한 번의 포기를 해야만 했다. 그는 자신이 지워지는 길을 가기 전에 다시금 더 큰 집으로 끌려가, 그곳에서 피로 물든 혼란이 자신의 예언대로 집어삼키기 직전에 담요마저 버렸다. 자신보다는 형편이 좀 더 나은 사람을 위해. 또는 담요를 필요로 하는 많은 사람을 위해. 자루 역시 유감을 표하는 한 마디와 동의를 표하는 다섯 마디로 버렸다. 이제 그는 자신의 지혜도 잊었다. 이로써 그는 완벽하게 지워졌다.

그것은 어려운 포기였다.

†훌륭한 인생

(1929년)

코이너 씨는 우연히 어딘가에서, 수작업으로 만든 대단히 아름답고 오래된 의자를 발견하고 사들였다. 그는 이렇게 말했다.

"나는 저기 저 의자가, 전혀 두드러져 보이지 않거나, 의자를 누리는 즐거움이 겸연쩍거나 튀어 보이지 않는 인생은 어찌 살아야 할까 생각하는 동안, 많은 깨달음을 얻는 기회를 주기를 희망한다."

"몇몇 철학자는" 하고 코이너 씨는 말문을 열었다. "언제라도 운명의 마지막 일격을 늠름히 감당할 인생은 어떤 것이어야 할까 물음을 제기했다. 우리가 훌륭한 인생을 꾸려간다면, 실제로 어떤 거창한 동기나 매우 현명한 충고를 필요로 하지 않을 것이며, 어떤 쪽을 택할지 우왕좌왕하는 일은 멈추리라."

코이너 씨는 철학자들의 물음이 가진 중요성을 온전히 인정하며 말했다.

진실

(1929년)

생각하는 사람 코이너 씨에게 제자 티프*가 찾아와 말했다.

“저는 진실을 알고 싶습니다.”

“어떤 진실? 진실은 이미 알려져 있어. 자네는 생선 거래의 진실을 알고 싶나? 아니면 세금 제도의 진실? 저들이 자네에게 생선 거래의 진실을 알려 주어서 자네가 생선에 더는 높은 가격을 치르지 않는다면, 자네는 진실을 알려 하지 않을 걸세.”

코이너 씨가 말했다.

* ‘깊다’, ‘진지하다’는 뜻을 지닌 형용사 ‘tief’를 끌어다 붙인 이름이다. 옮긴이

누구를 위한 사랑인가?

(1950~1955년)

여배우 Z가 불행한 사랑 때문에 자살했다는 소문이 돌았다. 코이너 씨는 말했다.

"그녀는 자신을 사랑한 탓에 스스로 목숨을 끊은 거야. X를 그녀는 어차피 사랑하지 않았어. 사랑했다면 그에게 그런 일을 저지르지 않지.

사랑은 무엇이든 베풀고자 하는 것이지 받으려는 희망이 아니야. 사랑은 상대방의 능력으로 무엇인가 만들어 내는 예술이지. 사랑을 위해서는 상대를 존중하고 관심을 가져야 해. 이런 것은 언제든 할 수 있지.

사랑받고자 하는 지나친 요구는 진정한 사랑과 거의 관계가 없어. 자기애는 언제나 자살의 특성을 가지지."

누가 누구를 아는가?

(1929년 5월)

코이너 씨는 두 여인에게 각각 남편을 얼마나 아는지 물었다.

한 여인은 이렇게 대답했다.

"저는 20년 동안 남편과 함께 살았어요. 우리는 한 방, 한 침대에 잤죠. 식사도 늘 같이 했어요. 남편은 저에게 자신의 사업과 관련한 모든 이야기를 들려주었죠. 저는 시부모를 섬겼으며, 남편의 모든 친구와도 교류를 나누었죠. 저는 그가 앓았던 모든 병을 압니다. 심지어 그 자신보다도 제가 더 많이 알죠. 그를 아는 모든 사람 가운데 남편을 가장 잘 아는 사람은 접니다."

"그러니까 남편을 아신다고요?"

코이너 씨가 물었다.

"저는 남편을 압니다."

코이너 씨는 다른 여인에게도 같은 질문을 던졌다. 이 여인은 이렇게 답했다.

"남편은 오랫동안 집에 오지 않는 때가 잦아요. 저는 남편이 다시 올지 어떨지를 전혀 몰라요. 지금은 1년째 집에 돌아오지 않았습니다. 저는 남편이 다시 올지 어떨지 알지 못해요.

저는 또 그가 좋은 집안 출신인지, 항구 뒷골목 출신인지 알지 못합니다. 지금 제가 살고 있는 집은 좋아요. 하지만 제가 나쁜 집에 살아도 그가 나에게 올지 누가 알겠어요?

남편은 자기 이야기를 전혀 하지 않아요. 저하고는 오로지 **제 문제들**만 이야기합니다. 제가 어떤 문제를 가졌는지는 그 사람이 정확히 알아요. 그리고 또 저는 그가 무슨 말을 하는지 알아요, 아니, 정말 알던가?

집에 올 때면 남편은 배가 고플 때도 있고 부를 때도 있습니다. 그렇지만 배가 고프다고 항상 먹지는 않아요. 배가 부르다고 식사를 거절하지도 않아요.

한번은 다쳐서 오기도 했습니다. 저는 붕대를 감아 주었습니다. 들것에 실려 온 적도 있어요. 또 한번은 제 집에 있던 모든 사람을 남편이 내쫓았습니다.

제가 남편을 '어둠의 신사'라고 부르면 그는 웃으며 이렇게 말합니다. '집에 없을 때는 어둠이고, 있을 때는 밝음이지.' 그렇지만 많은 경우 '어둠의 신사'라는 말을 듣고 표정이 어두워집니다. 제가 그를 사랑하는 것인지 잘 모르겠어요. 저는……."

"더 말하실 필요 없습니다."

코이너 씨가 서둘러 말했다.

"제가 보기에 당신은 남편을 아시는군요. 어떤 사람도 다른 사람을, 당신이 남편을 아는 것보다 더 많이 알지는 못할 겁니다."

†가장 좋은 문체

(1929년)

문체를 두고 코이너 씨가 한 유일한 말은 이랬다.

"인용할 수 있어야 해. 인용은 개인적 차원을 벗어나.* 최고의 아들은 누구일까? 아버지를 잊히게 만드는 아들이 최고지!"

* 브레히트는 인용된 것은 보편적인 정신적 자산이 된다고 보았다.

코이너 씨와 의사

(1929년)

의사 S*는 코이너 씨의 심기를 건드리는 말을 했다.

"나는 알려지지 않은 것을 두고 많은 이야기를 했네. 그리고 나는 이야기만 한 게 아니라, 자네를 치료하기도 했어."

"자네가 치료했다는 것은 알려졌나?"

코이너 씨가 물었다.

S는 대답했다.

"아니."

"그렇다면" 하고 코이너 씨는 얼른 말했다. "알려지지 않은 것은 알려지지 않은 채로 놓아두는 것이 비밀이 늘어나는 것보다 더 낫네."

---

* 이 글에서 의사 S는 추정컨대 뮌헨에서 브레히트를 치료한 바 있는 요한 루트비히 슈미트(Johann Ludwig Schmitt, 1896~1963)로 보인다.

†같은 것이 다른 것보다 낫다*

(1929년)

인간은 서로 다른 것보다 같은 쪽이 좋다. 같은 사람들은 서로 마음에 들어 한다. 다른 사람들은 같이 있으면 지루해 한다.

* 플라톤이 전래해 준 그리스 속담 "친구들은 공통된 관심사를 가진다"(koina ta ton philon)를 참조할 것.

†코이너 씨와 어리석은 자

(1929년)

생각하는 사람 코이너 씨에게 어떤 불량 학생이 찾아와 이런 말을 했다.

"미국에는 머리가 다섯 개인 송아지가 있답니다. 아저씨는 이 송아지를 두고 뭐라고 하실래요?"

코이너 씨는 대답했다.

"아무 말도 하지 않겠다."

그러자 불량 학생은 키득거리며 말했다.

"아저씨가 정말 지혜롭다면 할 말이 많을걸요."

어리석은 자는 많은 걸 기대한다. 생각하는 사람은 말수가 적다.

태도

(1929년)

지혜는 태도의 결과물이다. 지혜가 태도의 목적은 아니기에, 누구도 태도를 흉내 냄으로써 지혜를 가질 수는 없다.

"너희는 내가 먹는 것과 같은 태도로 먹을 수 없다. 그러나 너희가 나처럼 먹는다면 도움이 되리라."

생각하는 사람이 말했다. 생각하는 사람이 말하고자 하는 바는, 태도가 행위를 낳는다는 점이었다. 마음가짐을 다지고 그에 맞는 태도를 보인다면 지혜로운 행위를 할 수 있다. 그러나 태도가 지혜로 이어지는 필연성만큼은 너희 자신이 노력해야만 한다.

"나는 나 자신이 아버지가 가졌던 태도와 같은 태도를 가졌음을 자주 깨닫는다"고, 생각하는 사람은 말했다. "그러나 나는 아버지처럼 행동하지는 않는다. 왜 내가 다른 행동을 할까? 요구되는 필연성이 다르기 때문이다. 그러나 내가 보기에 태도는 행동보다 훨씬 더 오래 가는 지속성을 가진다. 행동은 필연성을 거스르고 엇나가려는 경향을 보이기 때문이다."

체면을 잃지 않으려면 오로지 꼭 필요한 한 가지 행동만

해야 한다. 그러나 이 필연성을 따르려 하지 않기 때문에 사람들은 쉽사리 몰락한다. 그러나 마음가짐에 알맞은 태도를 지키는 사람은 많은 것을 할 수 있으며, 체면을 잃어버리지 않는다.

†코이너 씨가 싫어하는 것

(1930/1931년)

코이너 씨는 작별을, 인사를, 기념일을, 축제를, 작업의 마감을, 새로운 인생 단계의 시작을, 결산을, 복수를, 확정 판결을 싫어한다.

†폭풍우의 극복

(1929년)

“격심한 폭풍우와 만났을 때, 그는 커다란 차 안에 편안하게 앉아 있었다. 첫 번째로 한 일은 차에서 내린 것이다. 두 번째로 한 일은 윗옷을 벗은 것이다. 세 번째로 한 일은 바닥에 납작 엎드린 것이다. 이렇게 해서 그는 최대한 웅크린 자세로 폭풍우를 이겨 냈다.”

여기까지 글을 쓰고 다시금 읽고는 코이너 씨는 말했다.

“다른 사람이 자기 자신을 어떻게 보는지 그 견해를 알아두는 것은 도움이 돼. 그렇지 않으면 우리는 자기 자신을 이해하지 못해.”

†코이너 씨와 병

(1929년)

"자네 왜 아파?"

사람들은 코이너 씨에게 물었다.

"나라꼴이 엉망이라서."

하고 그는 대답했다.

"그래서 내 생활이 엉망이 되었고, 내 콩팥, 내 근육, 그리고 내 심장이 정상이 아니야.

도시에 가면 모두 나보다 더 빠르거나 아니면 느리게 가더군. 나는 말하는 사람에게만 말을 하고, 모두가 듣는 것만 들었네. 이렇게 보낸 시간에서 얻어진 것은 오로지 불확실함이야. 확실함은 어디에도 없더군. 확실함은 단 한 사람만 가졌을 뿐이야."

매수당하지 않을 청렴함*

(1934년)

어찌해야 청렴한 사람으로 교육시킬 수 있을까 하는 질문에 코이너 씨는 이렇게 답했다.

"배부르게 해 줘."

또 어찌해야 좋은 제안을 할 수 있게 자극을 줄 수 있느냐는 물음에 코이너 씨는 이렇게 답했다.

"그 제안으로 얻을 수 있는 이득을 함께 얻을 수 있게 해 줘. 또 다른 방식, 곧 혼자서만 그 제안을 실천에 옮기면 어떤 이득도 볼 수 없게 만드는 거야."

---

* 『번역*Buch der Wendungen*』(GBA 18, 78쪽) 참조.

† 잘잘못의 문제*

(1931년)

어떤 여학생이 코이너 씨의 태도가 한결같지 못하다고 불평했다.

"아마도" 하고 그는 변명의 운을 뗐다. "네 아름다움을 너무 빨리 주목하고, 너무 빨리 잊은 모양이구나. 어쨌거나 이것은 너와 나의 문제지, 달리 누가 잘못했겠니?"

그러면서 그는 여학생에게 자동차 운전에서 반드시 지켜야 할 일을 상기시켰다.

* 75쪽 「K 씨의 운전」을 참조할 것.

감정의 역할

(1931년)

코이너 씨는 어린 아들과 함께 농촌을 찾았다. 어느 날 오전, 코이너 씨는 아들이 정원 모퉁이에서 울고 있는 것을 발견했다. 아들에게 왜 우는지 이유를 묻고 답을 듣더니 코이너 씨는 그대로 가 버렸다. 얼마 뒤 돌아와 보니 아들은 여전히 울고 있었다. 코이너 씨는 아들을 불러 이렇게 말했다.

"이렇게 바람이 부는데, 누가 네 울음소리를 들을 수 있겠니? 아무도 못 들어. 지금 우는 것이 무슨 소용이 있니?"

꼬마는 흠칫 놀라며 아버지의 말뜻을 깨달았다. 그리고 더는 감정을 보이지 않은 채 자신이 놀던 모래더미로 되돌아갔다.

청년 코이너

(1953년 상반기)

누군가 젊은 시절의 코이너 씨 이야기를 했다. 청년 코이너는 자신이 몹시 마음에 들어 하던 어떤 아가씨에게 어느 날 아침 이렇게 말하더란다.

"지난밤에 당신 꿈을 꾸었습니다. 당신은 대단히 이성적이더군요."

† 사치

(1930/1931년)

생각하는 사람은 여자 친구가 사치스럽다며 자주 뭐라고 했다. 언젠가 그는 여자 친구가 구두를 네 켤레나 갖고 있다는 것을 알게 됐다.

“내 발은 종류가 네 개거든.”

여자 친구가 이렇게 변명했다.

생각하는 사람은 껄껄 웃으며 물었다.

“한 켤레가 망가지면 어쩌려고?”

그러자 그녀는 남자가 아직도 문제의 본질을 깨닫지 못했음을 감지하고 이렇게 말했다.

“아, 잠시 착각했네, 내 발은 종류가 다섯 가지야.”

이로써 생각하는 사람은 마침내 깨달음을 얻었다.

†종이냐 주인이냐*

(1929년)

"스스로 자기 자신을 돌보지 않는 사람은 다른 사람이 자신을 돌보도록 만들지. 그는 종이거나 주인이야. 종과 주인은 이처럼 거의 차이가 없어. 종과 주인은 서로에게 종과 주인일 따름이지."

생각하는 사람 코이너 씨는 말했다.

"그럼 자기 자신을 스스로 돌보는 것이 올바른 것인가?"

"스스로 자기 자신을 돌보는 사람은 아무것도 돌보지 않지. 그는 그 누구의 종이 아니며, 그 어떤 것의 주인일 수도 없어."

"그럼, 자기 자신을 스스로 돌보지 않는 것이 올바른 것인가?"

"그렇지. 다른 사람이 돌볼 빌미를 주지 않는다는 것은 자기 자신이 아닌 그 어떤 것에도 봉사하지 않거나, 자기 자신이 아닌 그 어떤 것도 다스리지 않음을 뜻하지."

생각하는 사람 코이너 씨는 이렇게 말하며 웃었다.

---

* 이 글은 플라톤의 글이 취하고 있는 대화 형식을 그대로 따른 것이 특징이다.

†귀족적인 태도

(창작 연도 미상)

코이너 씨는 이런 말을 했다.

"언젠가 나도 귀족적인 태도(자네도 알듯 꼿꼿하고 자부심에 넘치며 머리를 뒤로 약간 젖힌 자세)를 취한 적이 있네. 갈수록 수위가 높아지는 물속에 서 있었거든. 물이 턱까지 차올랐을 때, 나는 이런 태도를 취했네."

† 대도시의 발달

(창작 연도 미상)

흔히 사람들은 미래에 대도시나 공장이 갈수록 커진 나머지 결국 규모를 가늠할 수 없을 정도가 될 거라고 믿는다. 어떤 사람에게 이는 공포의 대상이며, 다른 사람에게는 희망이다. 실제로 그 규모가 어떻게 될지 믿을 만하게 확인할 방법은 없다. 그래서 코이너 씨는 이런 발달 경향을 아예 무시하고 살자고 제안했다. 다시 말해서 도시나 공장이 통제할 수 없을 정도로 커질 것으로 보는 태도를 취하지 말자는 제안이다.

"발달하는 모든 것은 마치 영원히 커질 것처럼 보이지."

코이너 씨가 말했다.

"이제 막 몸집이 송아지 정도 크기를 넘어선 코끼리의 성장 한계가 어디까지일지 누가 감히 단정할 수 있을까? 그렇지만 코끼리는 소보다 커질 뿐, 코끼리보다 더 커지지는 않아."

체계의 문제

(1932/1933년)

“많은 잘못은” 하고 K 씨는 말문을 열었다. “발언권을 가진 사람의 말을 하염없이 들어 주거나 거의 끊지 못해 생겨나지. 이렇게 해서 쉽사리 기만적인 전체가 생겨나. 워낙 그럴싸해서 누구도 그 부분들이 맞아떨어지는지 의심하기 어려운 전체야. 그 개별적인 부분들 사이에는 불일치하는 점이 많음에도 말이지.

해로운 악습을 근절하고 난 뒤 지속적 대안을 찾고자 하는 욕구 탓에 숱한 불협화음이 지속되거나 새롭게 생겨나. 혜택을 누리는 일은 그 자체로 욕구를 만들어 내기도 해. 그림처럼 이야기하자면, 허약해서 앉고 싶은 욕구를 느끼는 사람을 위해 겨울에 우리는 눈으로 만든 벤치를 만들어 주어야 해. 그러나 이런 벤치는 젊은이가 더욱 강해지고, 노인은 죽어 가는 봄이 되면 정말 아무런 대책 없이 사라져 버리지.”

건축*

(1953년)

정부가 프티부르주아적인 예술관에 물들었던 시절, G. 코이너**는 어떤 건축가***로부터 대형 건축 사업을 떠맡을 의사가 있냐는 문의를 받았다.

"수백 년의 세월 동안 우리 예술은 실수와 적당한 절충으로 점철되어 왔지!"

건축가는 절망적인 목소리로 외쳤다.

G. 코이너는 대답했다.

"더는 아니야. 파괴 수단의 엄청난 발달 이래 자네와 같은 건축가가 지은 건물은 오로지 실험, 별 구속력이 없는 제안,

---

* 이 이야기는 동독에서 지성인들 사이에 스탈린알레 주변의 건축 사업(1953)을 두고 벌어진 논란을 염두에 둔 것 같다. 브레히트는 당시 책임 건축가 헤르만 헨젤만Hermann Henselmann에게 스탈린알레를 두고 이런 말을 한 것으로 전해진다. "우리가 사회주의 국가에서 살아 다행이야. 이런 건축물들은 고작 몇 년 뒤에 다시 허공으로 날려 보내질 테니까."(GBA 18, 434쪽)
(스탈린알레Stalinallee는 동베를린의 미테Mitte 구에서 동쪽을 향해 뻗은 대로로, 1961년에 카를마르크스알레로 개명되었다. 옮긴이)

** 여기서 G.는 'Gelehrter', 곧 '스승'이라는 단어의 약자다. 옮긴이

*** 헤르만 헨젤만(1905~1995), 1954년 베를린의 책임 건축가로 스탈린알레를 설계했다.

국민적 토론을 위한 전시 자료였을 뿐이야. 그리고 소소한, 사뭇 끔찍한 장식, 이를테면 작은 기둥 같은 것과 관련해 말하자면, 불필요하게 만들어 놓는 바람에 곡괭이가 크고 순수한 선 모양이 빠르게 그 본연의 모습을 되찾을 수 있도록 해 줄 거야. 우리 인간을 믿게. 빠른 발달을 믿자고!"

기구와 당

(1954년)

스탈린*이 죽은 뒤 당이 새로운 생산성의 발현을 촉구하던 시절, 많은 이들은 이렇게 외쳤다.

"우리는 당이 아니라, 기구만 가졌다. 기구를 무너뜨리자!"

G. 코이너는 이렇게 말했다.

"기구는 조직과 권력 행사의 골조야. 너희는 너무 오랫동안 오로지 골격만 보았지. 지금 모든 것을 무너뜨려서는 안 돼. 근육, 신경, 장기를 키워야만 골격이 더는 보이지 않지."

* Joseph Stalin, 1878~1953. 소련의 정치가이자 독재자, 1922년부터 소련 공산당 서기장을 맡았다.

부록

브레히트 연보

옮긴이의 말

브레히트 연보

1898년 2월 10일 오이겐 베르톨트 프리드리히 브레히트Eugen Berthold Friedrich Brecht라는 이름으로 아우크스부르크에서 태어남.

1917년 10월 뮌헨대학교에서 의학과 철학과 문학 공부 시작.

1922년 희곡 『바알*Baal*』 발표.

1924년 9월 베를린으로 이주.

1924~1933년까지 서사극 개발에 몰두함.

1926년 1월 연극 신문 『장면*Die Scene*』에 「바알의 근원적인 상Das Urbild Baal」이라는 글을 기고함. 이 글에서 처음으로 K(Josef K.)라는 필명을 사용함.

9월 25일 〈사나이는 사나이다Mann ist Mann〉 초연.

1926~1927년까지 열 편의 시를 『도시 주민을 위한 읽을 책*Aus dem Lesebuch für Städtebewohner*』이라는 제목으로 씀(1930년 인쇄됨). 이 작품은 대도시의 익명성과 불법과 사회적 냉혹함을 주제로 다룸.

1928~1933년까지 코이너라는 인물, 혹은 생각하는 사람, 깨달음을 얻은 사람, 현자 등의 가명이 등장하는 『파처*Fatzer*』 집필에 몰두.
5월 『코이너 씨 이야기』의 초기 버전 가운데 하나인 「누가 누구를 아는가?」를 씀.

1929년 『코이너 씨 이야기』의 일화 대부분이 집필됨. 브레히트는 그 가운데 몇 편만 발표함.
6월 22일 『남서독 방송 신문』에 「폭력에 맞서는 대책」이 발표됨. 이 글에는 발터 벤야민의 강연도 공지됨(7월 24일).

1930년 『실험*Versuche*』 연작이 발표됨. 이 책에는 『코이너 씨 이야기』의 첫 번째 글 모음이 포함됨.

1932년 『코이너 씨 이야기』의 두 번째 글 모음이 『실험』 제5권에 수록됨. 이 책에는 「도살장의 성 요한나Die heilige Johanna der Schlachthöfe」도 발표됨.

1933년 2월 28일 망명길에 오름. 6월에 일단 덴마크로 피신함. 코이너 단편 계속 집필.

1939년 4월 23일 스웨덴 망명 생활 시작.

1940년 3월 19일 브레히트는 「코이너 씨의 근심*Die Befürchtungen des Herrn Keuner*」(GBA 26, 360쪽)을 재구상함. 이 구상이 『피난민 대화 *Flüchtlingsgespräche*』의 바탕이 됨.
4월 17일 미국 입국 비자를 받기 위해 핀란드로 감. 1년 체류하는 동안 대화체 소설 『피난민 대화』 집필.

1941년 4월/5월 초 핀란드에서 「아르투로 우이의 부상Der Aufstieg des Arturo Ui」라는 원고에 "K. 코이너의 아루투로 우이(극적인 시)"라는 제목을 붙임(GBA 7, 353쪽).

1941~1947년까지 미국 망명 생활.

1944년 취리히에서 『베르트 브레히트*Bert Brecht*』의 등사판 소책자가 발행됨. 이 책자에는 『실험』에 소개된 코이너 이야기도 포함됨.

1946년 하이델베르크에서 발간되는 월간지 『변화*Die Wandlung*』에

『실험』에 수록되었던 「폭력에 맞서는 대책」(1930)이 발표됨.

1947년 11월 5일 취리히로 이주.
11월 22일 가족과 함께 취리히의 독지가 집에 손님으로 머뭄.

1948년 1월에서 11월까지 독일 전후 시대의 신문들에 코이너 이야기가 소개됨.

1948년 베를린의 출판사와 『캘린더 이야기*Kalender-geschichten*』를 발행하기로 합의함.
7월에서 8월에 인쇄 중에 있던 『캘린더 이야기』의 구상을 바꿈. 『코이너 씨 이야기』의 원고는 스위스에 남음.
10월 22일 베를린으로 귀환.

1953년 11월 말 브레히트는 페터 수어캄프Peter Suhrkamp에게 『실험』 1~8권(1930~1933)의 재발행을 부탁함. 이 부탁은 1959년에 실현됨.

1956년 8월 14일 브레히트, 베를린에서 사망.

1965년 그때까지 알려진 코이너 이야기 모음집 발간됨.

2000년 9월 25일 취리히에서 브레히트 가족에게 거처를 제공해 준 다큐멘터리 여성 감독 레나타 메르텐스베르토치Renata Mertens-Bertozzi가 사망함. 그녀가 소장하고 있던 브레히트 유고 가운데 "h. k. 이야기" 원고들이 발견됨.

2004년 유고에서 발견된 15편의 이야기를 덧붙여 『코이너 씨 이야기』(취리히 판본)가 발간됨.

2006년 GBA와 취리히 판본의 합본이 처음으로 발간됨.

옮긴이의 말

코이너는 '카이너'의 변형이다. "이히 빈 카이너Ich bin keiner." (I am nobody.) '나는 아무것도 아닌 사람(Keiner)'이라는 뜻이다. 이 'Keiner'를 브레히트는 바이에른 사투리 운에 맞춰 'Keuner'라 바꿔 썼다. 왜 브레히트는 굳이 이런 이름을 골랐을까? 그리고 아무것도 아닌 사람, 생각만 즐기는 사람의 이야기를 들려주는 이유는 무엇일까? 작가 본인이 그 이유를 명확히 밝히지 않은 탓에 여러 짐작만 난무한다.

다양한 해석 가운데 특히 눈길을 끄는 것은 발터 벤야민의 관점이다. 아무것도 아닌 자(Keiner)는 "기묘하게도 고대 그리스어의 코이네(koinē)를 연상시킨다." '코이네'는 '공통의 것', '일반적인 것'이라는 뜻을 갖는 단어다. "그런 대로 괜찮은데, 생각은 공통의 것이니까." 벤야민의 촌평이다.

생각은 기존 질서를 인정하지 않으려는 부정, 곧 '아니다'(no, kein) 하고 말할 줄 아는 능력을 키워 주는 바탕이다. 젊은 시절 현실의 풀뿌리 하나조차 어쩔 수 없다는 안타까움으로 허무주의에 사로잡혔던 브레히트는 헤겔과 마르크스 철학과의 만남을 통해 '부정적 사고'에 눈뜬 사회주의자로 변신한다. 이런 맥락에서 코이너는 주어진 현실을 부정하고 더 나은 세상을 세우고자 하는 프롤레타리아다. 브레히트가 주력했던 '서사극'(das epische Theater)이라는 장르는 이처럼 비판적인 거리를 두고 현실을 고찰하고자 하는 무대였다.

그런데 벤야민은 한 가지 더 흥미로운 관점을 열어 준다. 호메로스의 서사시 『오디세이아』에서 오디세우스는 폴리페모스라는 이름의 외눈박이 괴물 키클롭스의 포로가 된다. 오디세우스와 열두 명의 부하를 동굴에 잡아 두고 매일 두 명씩 잡아먹던 폴리페모스는 오디세우스의 차례가 되자 "네 이름은 무엇이냐" 묻는다. 이에 오디세우스는 자신의 이름을 '우티스ουτις'라 밝힌다. '우티스'의 뜻은 'Nobody', 곧 코이너다. 오디세우스는 먼저 포도주를 폴리페모스에게 권해 취하게 만든 다음, 불타는 장작개비로 외눈을 찌른다. 폴리페모스가 비명을 지르자 다른 키클롭스들이 달려와 누가 그랬느냐고 묻는다. 폴리페모스는 나를 찌른 놈은 '우티스'라고 답한다.(이 경우는 '아무도 아니다'가 된다.) 이렇게 해서 오디세우스는 위기를 모면하고 탈출에 성공한다.

참으로 묘한 이야기가 아닐 수 없다. 스스로 자신을 부정하고 아무것도 아닌 자가 되었을 때 비로소 구원이 찾아왔다는 말이 아닌가? 인생을 살며 맛보는 가장 괴로운 순간은 나 자신이 정말 아무것도 아니구나 하는 확인을 할 때가 아니던가. 우리는 저마다 자신만큼은 특별한 사람이라고, 나는 잘났다는 믿음으로 인생을 살아간다. 다시 말해서 남보다 잘나지 않은 나는 이 세상에 단 한 명도 없다. 그런데 더욱 이상한 점은 자신이 정작 누구인지 알고 있는 사람도 거의 없다는 사실이다. 자신이 누구인지는 모르지만, 아무튼 남보다는 잘난 게 그 숱한 '나'라는 사람들이다. 거참 이상한 일이다. 잘났다는 말은 비교로 가능하다. 그렇다면 못난 사람이 분명 있어야 할 터. 나는 못났다고 자처하는 사람은 그러나 가뭄에 콩 보기보다도 어렵다. 혹시 내가 못나서 그런 건 아닐까? 나도 모르게 식은땀이 흐르는 대목이다.

그런데 오디세우스는, 코이너는, 브레히트는 '나는 아무것도 아니다' 하고 말할 것을 권고한다. 이는 곧 자신을 벌거벗겨 현실 앞에 세우라는 권유다. 스스로 밑바닥까지 내려가 잘나지 않은, 잘날 것이 없는 'Nobody'가 되어야 철저한 변혁이 이루어질 수 있기 때문이다. 그리고 이런 철저한 변혁의 첫 걸음은 생각이다.

이런 맥락에서 볼 때 나는 '코이너 씨'를 브레히트의 자화상으로 보아야만 한다고 생각한다.(학계에서는 다른 의견도 분분하다.) 코이너 씨가 들려주는 이야기의 면면은 영원한 실향민 브레히트가 겪은 신산한 인생의 고스란한 증언으로 읽히기 때문이다. 그 가장 좋은 예가 "두 번의 포기"라는 이야기다. 나치스의 폭압에 내몰려 망명의 길에 오르며 겪는 좌절을 이보다 더 담담하게 들려줄 수 있을까?! "유감을 표하는 한 마디와 동의를 표하는 다섯 마디"로 자신이 "완벽하게 지워지는" 경험을 브레히트는 아무것도 아닌 자 '코이너 씨'의 입을 빌려 이렇게 말한다. "그것은 어려운 포기였다." 이 표현은 자신을 잘난 사람으로 꾸미려는 일체의 시도를 포기한 사람만 할 수 있는 것이다.

올바른 생각은 일체의 꾸밈을 버릴 때 비로소 물꼬가 트인다. 「폭력에 맞서는 대책」은 얼핏 읽으면 비굴하다는 인상을 준다. "나는 폭력보다 더 오래 살아야만 하니까" 하는 말로 코이너 씨는 폭력에 맞서지 않고 회피하기 때문이다. 그러나 이 이야기 역시 브레히트 자신이 온몸으로 겪은 폭력의 가감 없는 묘사가 아닐까. 폭력에 맞서는 투사가 아닌, 폭력 앞에서 두려워 떠는 모습을 그려 보임으로써 브레히트는 함께 폭력에 대처할 공통의 방법을 모색하는 생각을 시작하자고 제안하는 것이리라.

코이너 씨의 정체를 두고 의문을 품었던 신학자 카를 티메(Karl Thieme, 1902~1963)는 「악마의 기도서?*Des Teufels Gebetbuch?*」*라는 제목의 글에서 이런 결론을 내린다. "나를 철저히 부정한 끝에 결국 더불어 사는 사람들의 긍정이 이루어진다. 물론 이 더불어 사는 인간은 가장 가까운 이웃인 '너'가 아니라, 마찬가지로 철저히 부정된 인간, '내가 아닌 인간', 곧 프롤레타리아의 총합이다."

국민을 위해 봉사해야 할 공직자의 입에서 공공연히 '너희는

---

* 출전: 문예지 『호흐란트*Hochland*』, 1931/32, 407쪽

개, 돼지다'는 말을 듣는 것이 지금 우리가 사는 사회의 실상이다. 이처럼 굴욕적인 부정을 당하기 전에, 우리는 철저한 자기부정을 해야만 한다. 그래야 현실을 변혁할 힘이 결집된다. 현실을 갖은 모순으로 얼룩져 있다. 이런 모순의 난장판이 빚어지는 1차 원인은 생각하지 않으려는 게으름, 혹시라도 내 밥줄이 끊기는 것은 아닐까 하는 자기 검열이다.

브레히트는 독일에서는 나치스를, 미국에서는 자본주의를, 다시 동독에서는 공산주의를 비판하며 현실의 모순에 당당히 맞섰다. 이런 맥락에서 생각이 실종된 오늘날, 코이너 씨와 더불어 생각하는 법을 익혀 보는 것이야말로 좋은 선택이다.

2017년 2월

김희상

생각이 실종된 어느 날

첫 번째 찍은 날 | 2017년 3월 16일

글 | 베르톨트 브레히트

옮긴이 | 김희상

편집 | 김은주, 위정은

영업 | 박희준

펴낸이 | 이명회

펴낸곳 | 도서출판 이후

표지 및 본문 디자인 | Lodge&Lancers

등록 | 1998. 2. 18.(제13-828호)

주소 | 04050 서울시 마포구 양화로 156, 1229호(동교동, 엘지팰리스빌딩)

전화 | 02-3141-9640 **전송** | 02-3141-9641

페이스북 | www.facebook.com/ewhobook

ISBN | 978-89-6157-091-6 03850

이 도서의 국립중앙도서관 출판시도서목록(CIP)은 e-CIP 홈페이지(http://www.nl.go.kr/cip.php)에서 이용하실 수 있습니다. (CIP 제어번호: CIP 2017004653)

이 책은 저작권법에 의해 보호를 받는 저작물이므로 무단 전재와 복제를 금합니다.